浅淡岁月
总有欢喜相守

丁立梅 著

国际文化出版公司
· 北京 ·

图书在版编目（CIP）数据

浅淡岁月，总有欢喜相守/丁立梅著. —北京：国际文化出版公司，2017.2
（香梅系列）
ISBN 978-7-5125-0917-7

I.①浅… II.①丁… III.①散文集—中国—当代 IV.① I267

中国版本图书馆 CIP 数据核字（2016）第 324346 号

浅淡岁月，总有欢喜相守

作　　者	丁立梅
总 策 划	葛宏峰
责任编辑	潘建农
统筹监制	李　莉
策划编辑	徐　妹　陈　静
内文插画	度薇年　丛　威
美术编辑	秦　宇
出版发行	国际文化出版公司
经　　销	国文润华文化传媒（北京）有限责任公司
印　　刷	北京文昌阁彩色印刷有限责任公司
开　　本	880 毫米 ×1230 毫米　　　　32 开
	8 印张　　　　　　　　　　176 千字
版　　次	2017 年 2 月第 1 版
	2017 年 2 月第 1 次印刷
书　　号	ISBN 978-7-5125-0917-7
定　　价	39.80 元

国际文化出版公司
北京朝阳区东土城路乙 9 号　　邮编：100013
总编室：（010）64271551　　传真：（010）64271578
销售热线：（010）64271187
传真：（010）64271187-800
E-mail：icpc@95777.sina.net
http://www.sinoread.com

暗香

我爸给我取名梅。

一村人皆惊奇。因为，彼时村里的姑娘们，叫芳叫桃叫琴叫草叫锁儿纽扣的一堆儿，还不曾有人叫过梅。

我爸那个时候还年轻，初通文墨，喜弄笛弄琴，闲时爱读点诗书，与大字不识一个的村人们，自是有了不同。我呱呱坠地之前，我爸碰巧读到林逋的诗句"疏影横斜水清浅，暗香浮动月黄昏"，喜欢得很，觉得里面有雅趣。他见到我的第一眼，几乎没经大脑思考，就脱口而出说，这个丫头，就叫梅吧。

我很幸运地，拥有了一个暗地里生着软香的名字——梅。

乡下却少有梅树。至少，在我成长的年月里，没见过。

但乡人们对梅却不陌生。不但不陌生，还亲热得很，简直是拿它当至亲相待的。随便走进一家去，都能找出几"树"梅来。被面上印着呢。枕头上绣着呢。木头床的床头，也雕着呢。枝干一律的虬劲，上噙红梅朵朵。枝头上有时会站一只长尾巴的花喜鹊，那是喜鹊闹梅了。我总长时间地盯着那只喜鹊看，觉得那只喜鹊不同凡响。日常里，我所见到的喜鹊，也只会站在家门口的苦楝树或是老槐树上喳喳叫，做的窝也潦草得很，乱蓬蓬的，像懒媳妇好多天没梳洗的头。

我想象着与梅在一起的喜鹊。渴了，就喝梅花雪水解渴吧？《红楼梦》里，妙玉是拿这个招待宝玉、黛玉、宝钗的，那是她悉心收攒的梅花上的雪水，统共才收了一瓮，埋在地下五年，梅花的香魂，全融进雪水里了。梅花是雪，雪是梅花，哪里分得清了？清高玉洁的女儿家，在梅的跟前，也只剩谦恭。

也顶喜欢盖被面上印着喜鹊闹梅的被子。那上面的梅花无一朵不鲜艳，我伸手去摘，似乎就能摘下一朵来。又生出向往的心，想做那只站在梅树上的花喜鹊，日日闻香。

年画里，也多的是寒梅报春图。家家的土墙上，都张贴着那样一张，再贫瘠困苦的日子，也有香气弥漫，充满希冀。

到我念中学时，去了离家三十里外的老街上。老街上都是粉墙黛瓦，巷道弯曲悠长。寒冬的天，我打一户人家门前过，突然闻到一阵幽香。我从敞开的院门中，瞥见院子里一树的花，细细碎碎的红。我一惊，那不是梅花吗！

我站在那里瞎激动。那户人家家里没有动静，我亦不敢惊扰。好不容易等来一老街人，我拖住她寻问，她瞟一眼院内，说，是梅花呀。

我真感激她这么说。我吊着的一颗心，终归了位。

从此，我对那户人家充满好感。我常跑去那里看看，一个冬天，花都在凌凌开着，香气轻播。有妇人在梅树下拾掇着什么。有小女孩跳到梅树下，不知有什么好事情，惹得她眉眼间都是笑。她们都有着好颜色，浑身喷着香。经年之后，记忆每每翻到这一页，我的心，都忍不住柔软起来。这一页里，飘溢着梅香，满蓄着人世间的好情好意。

成年后，我走的地方多了，常与梅不期而遇。遇见，我必驻足，细细端详，内心激动，当故知重逢。

也多次去南京梅花山观梅。那里梅花品种多，有官粉梅，朱砂梅，玉蝶梅，绿萼梅，七星梅，不一而足。是好女子千千万。徜徉在那样的梅海中，梅香一缕一缕，在身边轻拂，人也自觉静了，雅了。梅花的静，是骨子里的静。梅花的香，亦是骨子里的香。含蓄，内敛，自带风流。

我有好友，也是个爱梅的。她憧憬将来老了的日子，择一乡下小院而居，窗前，一定会植一树梅。我跟她打趣，我说，到时，我搬去和你同住。

我是爱着那样的窗，有着梅花映照梅香轻拂的窗。"寻常一样窗前月，才有梅花便不同"，这世上，因有着一缕梅香在，多生出多少活色生香的留恋啊。

丁立梅

目录

Chapter 1
天很蓝，仿佛多年前

Chapter 2 我曾如此纯美地开过花

Chapter 3

那些值得幸福的事

Chapter 5
世事静好

Chapter 6
陌上花开

Chapter 7
故乡的原风景

Chapter
1

天很蓝，
仿佛多年前

旧时月色

四时的月色，是各有千秋的。

春天的月色，清澈透明，伴着草芽儿和花的清香，吸上一口，有微醉的感觉。夏天的月色，轻歌曼舞，轻盈若羽，如梦似幻。秋天的月色，浓酽黏稠，像冻得化不开的奶油。冬天的月色，如盐胜雪，洁白闪亮。

在城里很难得见到这样的月色了。即便有月亮的晚上，你发了心，一定要看看月亮。然后，你站到阳台上，等了好久，等着月亮爬上来。隔着许多的高楼，隔着许多的灯光，你寻过去，夜色浑浊不清。没有星星，天上的那枚月，很像宣纸上滴落的一颗泪，模糊着，看得你心疼了。

你轻轻叹息，也只能，去记忆里寻。

年少的记忆，是浸泡在月色中的。

六七岁的年纪，是不大敢单独到月下晃的，怕鬼。大人们的故事里，鬼故事居多。特别是一个叫陈广凤的女人，爱讲这样的鬼故事。

陈广凤家住一个土墩上，两间低矮的草房子，周围芦苇丛生。偶尔听大人们闲谈，说她是个可怜的人。她脸颊上长着一大块暗红色的胎记，几乎遮住她的半边脸，使她看上去极丑。那个时候，她四五十岁的样子，丧夫独居，一个人寂寞，常骗了我们小孩子去，帮她拣沙子里的黄豆，她给我们讲鬼故事听。说月亮满满的夜，鬼变成漂亮的大姑娘出来了，身上穿着白绸缎的衣裳，披着长头发。看见有人走过来，就丢下一只绣花鞋，哄着人去捡。我们听得毛骨悚然，怕着，却又着急听下文，后来，后来鬼把人怎么样了？

她却不肯说下文，诱骗着我们第二天再去。我们惦念着故事的结局，第二天早早地去了，绕过杂乱的芦苇丛。她站在草房子前，笑吟吟地迎，手里还是那捧沙子，沙子里面混杂着一些黄豆。我们有一颗没一颗地拣着，她的鬼姑娘便又上场了。今天的鬼姑娘换了件衣裳，穿的是一袭红丝绒的裙子。红得像什么呢？就像她家草房子前开着的鸡冠花。

我们一边害怕着，一边着迷地听着。我们拣了一个秋天的黄豆，最后她到底讲了结局没有，不记得了。只记得再遇月夜，我早早地蜷进被窝，把头埋进被子里，不敢看窗外。半夜里睡醒，惊讶着满世界的银光闪闪，我们仿佛睡在一只银碗里。四周寂静，虫鸣声若有似无，只听见月光落地的声音，噗，噗，轻微的，像雪花飘落，一下，一下。

然后，我看见月光探了身子，跑到屋内来，跑到母亲的梳妆台上，那上面放着梳子、镜奁、百雀羚、剪刀，和母亲晚上新裁的鞋面子。月光均匀地吻过每一样物件，吐出一朵一朵银白的花。蒙了一层纱的窗，亦描着银边，那么亮。满世界仿佛都藏着秘密。我忘了害怕，只是奇异地望着，望着，不敢动，我怕动一动，这月光就飞了。多年后，我知道，那是自然的大美，任一个小孩，也为之动容。

冬天的月夜，陪着母亲去担水。母亲白天要忙农活，家里的吃喝用水，都是晚上去一公里外的河里挑。有母亲在，是没有害怕的。天上空空荡荡，只一个明晃晃的月亮，把我和母亲的影子，拉得忽而短，忽而长。近处远处的田野，都铺上一层白霜似的月光。小路上，则像敷上了一层厚厚的白糖，让人忍不住想弯腰下去舀上一勺。

我们踩着这样的月光路，到河边。冰面上，敷着同样一层厚厚的白糖。河边的树和芦苇，浴一身月光，再看不出萧条和枯萎，有的，只是温情脉脉。母亲用扁担砸破冰面，清幽幽的水里，立即掉进一个大而白胖的月亮。这个月亮很快被母亲装进水桶里。母亲挑着装着月亮的担子，晃晃悠悠地走。我开始唱歌了。那样的月色，唯有唱歌，才能消化。母亲也唱歌了。母亲不识字，唱的是她自己编的歌谣。我们的歌声，消融在月色里，变成了月光，四处飞溅。

转眼是春。春天的月色，浸满花香。这边是桃花。那边是梨花。胡萝卜开的花也是好的，像头顶着一个一个的胖蘑菇。油菜花就更不用说了，一开一大片，满地滚金。我们几个孩子约了去放风筝。所谓的风筝，是用破塑料纸做的，或是包东西剩下的牛皮纸做的。风筝线是偷的母亲的纳鞋线。我们牵着这样的风筝，在乡村土路上快乐地叫着跑着。风筝被月光托在半空中，像只展翅奋飞的鸟儿。眼前的各色花们草们，被月光洇染，像瓷雕的。我们一时惊诧，齐齐仰了头看天上的月亮，觉得它也像一朵盛开的花，梨花，或是胡萝卜花。

最喜欢的，是夏天的月夜，孩子们不会待在屋里。大人们也不会待在屋里，他们要趁着好月色，去社场上剥玉米。

母亲是剥玉米的能手，一晚上能剥上百斤，可以换到十来只脆饼。那个时候，脆饼是我们有限的见识里，最好吃的点心。我们都自告奋勇地跟着母亲去，帮着剥玉米。一路之上，月光曼舞，风中飘来阵阵稻花香。青蛙们的合唱此起彼伏。萤火虫多得像撒落的星星。社场那边，早已人声鼎沸，玉米棒子堆成了一座金黄的小山。

我们加入进去。月光被搅动得四处流溢，又迅速合拢，如船划过一道道水波。终于，所有人各就各位，迅速剥起玉米来。大人们喁喁闲谈，偶尔有轻笑的一两声。月光也安静下来，趴在人们的头发上、肩上、膝盖上，淌进每粒玉米里。我们几个孩子剥一会儿，手就火烧火燎地疼，也不大坐得住，心早野了，母亲叹一口气，宽容地说一声，玩去吧。

我们如得了特赦令，立即飞跑开去，追逐嬉闹，如快乐的小鱼，在月光里游弋。玩到大半夜，困了，回家睡去。却不知母亲什么时候回家来，第二天，枕边有脆饼的香，扑鼻。而母亲，早去地里忙活了。

那个时候，从没见母亲吃过脆饼。我们以为，那是属于小孩子吃的，所以，吃得理所当然。多年后，母亲也回忆起那样的月夜，她剥玉米的事。她总是要剥到月亮西斜，手掌通红，火辣辣的。孩子多，她要多挣些脆饼。看着你们吃，我就很满足了，母亲说。一片月光倾泻下来，淹没了我的心。我追问，妈，你当时想没想过要吃？母亲笑了，傻丫头，那么好吃的东西，怎么会不想？

流年

蟋蟀在堂，岁聿在莫。今我不乐，日月其除。

无已大康，职思其居。好乐无荒，良士瞿瞿。

蟋蟀在堂，岁聿其逝。今我不乐，日月其迈。

无已大康，职思其外。好乐无荒，良士蹶蹶。

蟋蟀在堂，役车其休。今我不乐，日月其慆。

无已大康，职思其忧。好乐无荒，良士休休。

——《诗经·唐风·蟋蟀》

炎夏过去，天气一天一天转凉，蓬勃的生命，开始绵软下来。叶开始黄了，花开始谢了，天空变得苍茫起来。

秋来了。

怕冷的蟋蟀，率先跑进人家的屋子里，寻求温暖与庇护。"蟋蟀在堂，岁聿在莫"，还没留意啊，岁月，不知不觉就走过它的繁华盛世，惊回首，已是秋风起，满地黄花堆积。

这人，独自坐在夕阳下，暮霭笼起。"役车其休"，农人们辛苦劳作了大半年的牛车，终于歇下来。土地也该松一口气了。四野寂静，是喧闹过后的宁静。看不清这人的面目，只有一个模糊的影子，伶仃的一片叶子似的，有些孤独，有些忧郁。像某些时候的你我。季节已晚，谁把流年暗偷换？他坐在这个秋天，坐在一片暮色里，伤秋了。许多的事，尚未来得及做。许多的景，尚未来得及看。许多的人，尚未来得及爱。"日月其除""日月其迈""日月其蹈"——时光，已轻轻滑过去了。

一些如落花般的叹息，从日子深处浮上来。祖母的。祖母坐在檐下拣菜。要过年了，我们小孩子，多快乐啊，整天脚不沾地跑啊跳啊。一会儿过来问她一下，还有多长时间就到新年？那代表我们可以穿新衣，吃肉丸子，看舞龙灯，走东家串西家地疯玩。

祖母说，快了快了。我们转身快乐地叫，哦，快了快了。背后却传来祖母幽幽的怨，日子咋这么快呢，咋又过年呢？年幼的心，哪里懂得祖母的叹息，只觉得不可理解，过年多好啊，她咋不高兴呢？那边有小伙伴在召唤，我们跑过去，随即就把祖母的叹息给忘了。

外婆的叹息，则是不露痕迹的。那个时候，她已衰老干瘦得像枚核桃。我去看她，带了儿子。当着我儿子的面，外婆还叫我乳名，还一口一个乖乖地宠我。我说，外婆，我儿子都这么大了，我老了。外婆伸手，把我的手，握在她掌中，一遍一遍抚，笑说，乖乖，你哪里老，你还是个嫩芽呢。她树根般的手指，拨弄得我心疼。我恍然惊觉，岁月，已悄悄地，让一个女孩变成母亲，变成外婆，变成太婆。

最后，化作一缕轻烟，飘散——这是无法逆转的事实。

蒋捷在异乡的阁楼上叹：流光容易把人抛，红了樱桃，绿了芭蕉。——樱桃红也红了，芭蕉绿也绿了，怕只怕，一回头，全是虚空。大半辈子稀里糊涂地过，青春的梦，尚未盛放，就谢了。这才是真的可悲。

所以，这人在感叹时光易逝之余，反观自己平淡的一生，劝勉开来："无已大康，职思其居。好乐无荒，良士瞿瞿。"意思是，好年华原是经不起挥霍的，要做好你自己想做的事，不要因贪玩而荒废了好时光，有识之人，都很警惕的。

流年宛转，时光的小手，我们谁也拽不住。面对易逝的时光，我们能做的，唯有珍惜，不荒废，好好过。而在这方面，我还是特别欣赏因纽特人的生活态度，把一天当作一辈子。面对时间的流逝，他们不悲哀不叹息，该干吗干吗。而当每天清晨，他们睁开眼睛，看到又一轮太阳升起，他们都要发出这样的欢呼，我又重生了！

是的，又重生了。流年暗换，原是为了重生。

岁月无尽

　　茅草房，黄菊花，竹园，麻雀，还有芦苇丛中咕咕叫着的水鸟……这是我的童年。乡村的天空又高又远。还有那不倦的风，从田野那头吹过来，又从田野这头吹过去。阳光洒落，像小雨点。洒在草上，草绿了，洒在花上，花开了。人家屋前，总有一两棵桃树或梨树。春天开花，红的像霞，白的似雪。树结果，藏在叶间，像诱惑的小眼睛。孩子们是等不得果儿熟的，青棱棱的时候，就摘下来。涩嘴呢，哪里能吃？于是地上到处撒满青青的小果子，风摧过一般。惹得大人们半真半假追后面骂，这些天杀的，烧瓜等不得熟呀。我们一边笑着逃走，一边想，为什么要说烧瓜等不得熟呢？烧瓜与果子有什么关系？总之，幼小的心，是疏于等待的。

　　到处疯玩。小脚老太的院子里，长着一棵桃树，两棵梨树。花落时节，树叶间，绿绿的小果子，隐约可见。我们伏在她家院墙头，看树，看果子，看她和她的呆男人。据说小脚老太的男人原是地主少爷，家大业大，十里八乡，都是他家的地盘。少时读书读呆掉了，五谷不分，香臭不知。却娶四房老婆，小脚老太是他的大老婆。新中国成立，那三房老婆，走的走，改嫁的改嫁，只有小脚老太忠贞不渝地留下了。家业衰败是自然的了，她领着他，住进两间茅草房。靠一点薄田，养活她和他。呆子并不知人间愁苦，整天坐在院子里晒太阳，养得白白胖胖的。

我们看到的场景常常是这样的：小脚老太搬一把凳子让呆子坐下，她在一边或给呆子补衣裳，或给呆子梳头，或喂呆子吃饭。一院子的温温软软。呆子饭吃得急，一口恨不得把饭碗吞下去。小脚老太对着呆子好脾气地笑，不急，不急，慢慢吃哦，像哄一个小孩子。

我们趁她转身的当儿，一窝蜂再次翻过墙头去，偷黄瓜。呆子看见我们，显得兴奋，不住地"啊啊"着。我们不理他，摘了黄瓜，赶紧溜。这时，小脚老太的声音远远送过来，乖乖肉啊，不要跑，会摔倒的。下次在路上遇见我们，她会拉着我们的手关照，乖乖肉啊，要吃黄瓜，就到院子里去摘，不要翻墙头，那太危险了。但我们下次，还是会翻墙头进去，无限的乐。倒是家里大人知道了，会痛骂我们，说奶奶可怜，不要惹她生气云云。家里偶尔有好吃的，总不忘盛上一碗，让我们送去。我们乐意给她送去，觉得她是好人，好人是让人亲近的。

那时最让我们费解的一件事，是把自家儿子送给别人家的。两家相隔不远，一个村东头，一个村西头。那儿子看见亲生的妈，眼光恶恶的，不认的。亲生的妈，背地里淌眼泪。我问过母亲，为什么呢？母亲说，还不是穷，养不下去了。

一度时间，我很害怕被亲生父母送掉，因为我家里，也穷。也真的有人看中我。看中我的是一对夫妇，在村小学做教师，结婚多年未育。他们跟我父亲熟，一次相遇，谈及无孩子，长叹。父亲一时同情心大增，头脑一热说，我家二丫头乖巧，要不过继给你们？那家如得天书，欢喜不迭，忙忙打扮一番来看我。一看就喜欢了，回去买了糖果糕点再来。许诺我，跟他们回家，以后天天有糖果糕点吃。

我有点动心，那糖果糕点多好吃啊。是母亲虎下脸说，就是穷死饿死，我家丫头也不会给别人。父亲也反悔了。这事，最后黄了。我成年后，父母每说起这事，都感慨，说我险些成了别人家的丫头。

冬天了，大雪纷飞。满世界再没其他杂色，只有银白，银白，还是银白，闪亮亮的。冷，我们围着祖母的小铜炉取暖，在茅草屋里唱歌谣，唱"雪花飘飘，馒头烧烧，吃吃困困，两头香喷喷"。这是理想的生活，有白面馒头可吃，睡梦里都是香。

姐姐向往地说，长大了，她要蒸一箱子的馒头。

我们在这样的向往里，陶醉，幸福。

也向往过穿红裙。

也向往过买漂亮的红绸子，缠辫梢。

姐姐还向往过一双红雨靴。

向往着向往着，我们长大了。我们可以吃成箱成箱的白面馒头了，可以买一衣橱的红裙子了。童年的小伙伴现在已天各一方。我的姐姐，也早已嫁作他人妇，最近她刚砌了三层小楼。回母亲家遇到，我们的话题，总离不开小时候。小时候怎样呢？天很高云很淡，岁月无尽。

我们走在小时候走过无数次的田埂上，小野菊们还像从前一样，开得星星点点。黑泥土在脚底下唱着歌。放眼望过去，一些人老去了，一些人在诞生，村庄一日一日，终将成为陌生。我们眼里，慢慢洇上温热的泪水。

　　隔着岁月的烟雨，什么都变了容颜，唯有童年不会，它永远活在岁月底处，熠熠生辉。

回不去的流年

　　最初知道嫦娥，是在一只锡盒子上。

　　锡盒子摆在邻家阿婆的床头边。在我最初认知的世界里，我以为，那只锡盒子，是世界上最好的东西，不仅代表漂亮，还代表富有和幸福。

　　锡盒子是阿婆的弟弟，远在上海的城里人，带到乡下来的。当时的锡盒子里，装的是月饼呢。据说里面的月饼，个个都金灿灿的。我没亲眼看到。所以在后来的很多日子里，我看到锡盒子，脑子里就产生无穷想象，想金灿灿的月饼，一定比母亲烙的玉米饼还要金灿灿吧。

　　锡盒子四四方方。两面印着漂亮的女子，裙裾飘飞，长袖曼舞，一朵祥云托着她，正向着月宫飞去。这画面，一团的美与好。阿婆告诉我，那是嫦娥呀。记忆里便留下这样的印象：嫦娥就是漂亮的女子，漂亮的女子就是嫦娥。锡盒子的另两面印着桂花树，满树细细黄黄的桂花，开得密密的。于是又加了另一层印象，嫦娥是与桂花树连在一起的，周身溢满甜蜜的香。

阿婆的锡盒子里，藏过纸包糖、炒米，还有酥饼。我常常光顾阿婆家，最大的理由就是为了看锡盒子。小脚的阿婆，坐在矮矮的凳子上，拣菜，或浆鞋底，一边絮絮地跟我说着话。我哪里有心听啊，两只眼盯着她床头的锡盒子，盯着那漂亮的嫦娥，想，今天里面装的又是什么好吃的呢？

阿婆有时看出我的心思，问，馋了？我不知害羞地承认，嗯，馋了。阿婆就踩着一双小脚，到床边，揭开锡盒子，掏出一把炒米给我。阿婆问，丫头，谁对你最好？我答，阿婆。阿婆豁着牙已稀落的嘴笑，这丫头，就是嘴甜会哄人，长大不会忘了阿婆吧？我肯定地答，不会忘了，我也给阿婆买好吃的。

一段时间，我以为，锡盒子里的好吃的，都是那个叫嫦娥的漂亮女子变出来的。阿婆说，她是仙女。仙女都会变魔术的，幼年的我，是这样想的。想着想着，就很羡慕那个嫦娥了，盼着长大了也能成为她，那么，我也可以有只锡盒子，变出许多好东西藏在里面。

那时，家中小院，种有桂花树。桂花开花的时候，我特别高兴，心里等待着有什么会发生。这是秘密，一个孩子的秘密，一个无人知晓的秘密——锡盒子上的嫦娥，闻到桂花香，会飞下来的。第二天，去阿婆家，看见嫦娥依然在锡盒子上，依然作飘飞状，飘向月宫的方向。而我却有了另外的欢喜，以为在我睡着的时候，她一定偷偷下来过。

现在，很多年过去了，邻家阿婆早已不在人世。而我对幼时的那种天真，除了感慨，就是感动。成人的世界里，传说也带着复杂性，那个美丽的女子——嫦娥，据说是为了成仙，而偷吃了丈夫的长生不老药，才飞到月亮上去的。有诗为证："嫦娥应悔偷灵药，碧海青天夜夜心。"是说月宫天寒夜冷，嫦娥虽已成仙，但寂寞难耐。甚至还有一说，嫦娥飞到月宫之后，变成难看的蟾蜍。这是我大大不认可的。

儿子极小的时候，我讲嫦娥奔月的故事给他听。我是这样讲的，嫦娥飞上月亮，是为了在月亮上栽桂花树，等那些桂花盛开的时候，我们所有人，都能闻到它的香。

为什么不是这样的呢，月圆之夜，再仰望天空，心里淌过一条月光的河。便觉得，无限的好了。

上小学的侄女从乡下来，细嫩的十指上，是夺目的艳红。她很有几分得意地晃着小指头，伸到我面前问："姑姑，好看吗？是妈妈帮我用凤仙花染的。"

记忆里，也是这样的年华，日子艰辛，却能自寻到乐趣。四野里，野花开不断，随便掐上一把，编了花环戴头上，天天都是美美地过。

夏天，家家屋前屋后，凤仙花一开一大片。红的，白的，紫的，五彩缤纷，像谁捉了一袋子的蝶儿来，放飞了。母亲嫌它太占地方，拿锄头锄去。但奇怪的是，到来年的时候，那地方又会冒出一大片来，茂密得一如从前。

这样的花我们女孩子最喜欢了，因为它的汁液可以染指甲。也没谁教过，都无师自通地会染指甲。

摘取凤仙花叶和茎，捣碎，加点明矾在里面，把它搁置一两个时辰，就可以染指甲了。"染"的过程却是很长的，先把调拌好的凤仙花包在指甲上，然后经过一夜的"捂"，那红红的汁液才能彻底渗透到指甲上，长久不会褪去。

夏夜，一大家子坐在院场上纳凉，祖母摇着把豁了口的蒲扇，讲一些老掉牙的故事。院场边长一些黄豆，已结荚了。风过处，黄豆荚的清香，和着露珠的清甜在空中弥漫，很好闻。我和姐姐嗅着鼻子，跑过去，挑一些圆而阔的黄豆叶，摘下来，伸了手指头让祖母给包指甲。这时的祖母是极有耐心的，她把捣碎的凤仙花盖到我们的指甲上，用黄豆叶细细裹住，然后再用一根茅草一道一道地给扎牢了。十个指头立时觉得沉沉的了，不好受，但我们并不以为难受，反而乐得又蹦又跳。

最怕的是，这时候偏偏有蚊虫叮咬，痒得很，却不敢伸手搔，只得在院场上跳着双脚叫，痒死了痒死了。每当这时，总会引来大人们的一片哄笑。也有夜里睡觉不注意的，把包好的凤仙花全弄脱了，第二天醒来，"指甲套"全遗落在枕头边，赶忙看手指甲，只留隐约的残红。直直后悔夜间的大意，第二天晚上必重新用凤仙花包上。

那时，女孩子们聚在一起，会伸了手指头比谁的指甲染得更红艳。有时，挑完满满一篮猪草后，几个女孩子，坐在沟渠边说话，把染了红指甲的手放到水里面。红指甲在水里边晃啊晃的，一沟的水便都艳艳地晃动起来，是晃不尽的美丽。

美是不可湮没的。即使在贫穷里，它的光芒也无处不在。

天很蓝，仿佛多年前

房与房相对而望，中间隔出一条逼仄悠长的深巷来。偶有半树的繁花探上墙头，紫的，红的，在粉墙上妖娆地笑。也有绿苔趴在砖缝里。深巷便显得风情万种。我最要好的同学的家，就建在这样的巷道深深处。周末的时候，我到她家去，须得穿过这样一条长长的巷子，就像穿越一座迷宫啊，什么样的奇遇，都可能出现。所以每次去，我都怀了无限的幻想，而事实上，却从未碰上过奇遇。

感觉中，小巷一直很静，宁静的静，似午后空中缱绻的云。某天清晨，我从那里过，看到一青春女子，穿着碎花的棉布睡衣，趿拉着木屐，在小巷里走。橐橐，橐橐。一时间心里竟充满羡慕，想要成为那个女子，那般闲适，那般从容。

推开同学家吱呀的木板门，是一个狭小的天井。天井的墙角边植一株茶花，花朵丰腴，艳红，风姿绰约。同学有哥哥也有姐姐，哥哥常年不在家，好像在外地求学，或是工作，记不清楚了。只在一张合影上看到过他，眯着眼笑，嘴角上扬，朝气蓬勃的样子。姐姐是个美人，总是匆匆地进匆匆地出，家门口的小巷里，定有年轻的男子候着。同学小声告诉我，追我姐的人很多呀。

不管什么时候去，天井里总有一锅汤在冒着热气，同学矮胖的母亲，坐在炭炉边择菜或拣米。那时白米少见，只城里有，里面掺和的杂质挺多的，是沙子或一些野草的草籽。我们乡下人家一年四季，却吃黄黄的苞米面，牙露出来，都是黄的。这让我觉得，能捧个匾子放膝上，不紧不慢地在暖阳下拣米，是极优越的生活了。

同学的母亲人很随和，会招呼我坐，甚至留我吃饭。我现在很后悔那时的腼腆，竟连一声阿姨也羞于叫出口的，虽然每次前去，我都鼓励自己一定要叫人，响亮地叫。

同学的母亲倒不在意，每次我走时，她都会跟着送上一句，下次再来啊。我回过头去，脸羞红着，小声应道，好。小院门在我身后轻轻关上，生活的温馨和优越，又都关在里面了。再入深巷，我多了一层惆怅，说不出来的惆怅。深巷幽幽，什么样的情绪都能藏在里面。就像一滴雨掉进海里面，倏地不见了，但你知道，它在里面，它就在里面。

多年之后，我在一家商场门口，与我的同学不期而遇。天很蓝，仿佛多年前。而我们，却走不回从前了，她发福成一个中年女人，而我，也是一个男孩的母亲了。问起小巷，问起她母亲。她叹一口气说，走了，前年春天走的。老房子也拆迁了，我爸跟我哥去了北京，老家再没人了。

胸口突然一紧，有疼痛辣辣地掠过。我知道，曾经寄存了我许多梦想无数想象的深巷，它，一定也不在了。从此以后，我只能在记忆里，与它隔了岁月相望。

但，迷恋深巷的情结却是根深蒂固的。每每外出游玩，我总要寻了一些古镇去。它们有一个共同之处，就是都有悠长悠长的深巷，像扯不断的思绪。我喜欢在那些深巷里徜徉。我坚信巷子里的每一块砖，每一片瓦，每一处绿苔，都有自己的故事。它们安静在岁月的长河里，涛声依旧。

偶然一次，我路过一个叫溱潼的古镇，那里有一些保存得完好的老街道，我自然想逛一逛。同行的人却没多少兴趣，他们说，不就是几条街道吗，到处都有的，有什么可逛的？倒是一位六十开外的老先生极有兴致，主动要求陪了我逛。下了车后他才掩饰不住兴奋告诉我，20世纪50年代，他就在这儿读小学的。一路上他滔滔不绝，说着那个我不知道的年代的陈年往事，说他们如何读书，如何淘气。说那时他们班上有个男同学，一头的癞疮，大家就给他取了个绰号叫"癞巴子"。"癞巴子"没人理，只他理，所以"癞巴子"跟他最要好，常把母亲烙的饼偷来给他吃。呵呵，他笑，满足的。他带我穿过一条一条的深巷，去找寻当年的学校。不时喃喃，这儿是什么，那儿是什么。像梦游。结果却失望，学校早已不在了，被一片新房子所取代。他站在深巷里发愣，头顶上的天空蓝得澄清，他的表情很是忧戚。

后来，他又带我去寻他当年坐船来的码头。我们沿着弯弯曲曲的小巷走，总也走不到头的样子。我说不会走错吧？他开始还肯定，后来到底自己也没数了，五十年的光阴，足以把一些人和物，都改得面目全非。他敲开深巷一户人家的院门进去问路，老码头却不是人人都知道的，年轻的户主跑去问隔壁邻居，响动声吸引了很多人来，大家围着相互探听问什么问什么呀。听说是来找寻老码头的，一时间大家的眼神都绵长起来，语气里有了唏嘘，呀，不简单，是20世纪50年代在这儿上过学的呀。

终于，一片碧波浩荡的水域展现在我们面前，老先生变得异常激动，他指着一个方向对我说，你看你看，那就是码头啊，当年，我就是从那儿上岸的……

黄昏了，夕阳揉碎在那片溱湖里，拉出一道道彩色的影。星星点点的橘红，小鱼样地在水面上跳跃着。我们站着，不说话，很遥远地看。心里，缓缓流过一泓湖水，悠悠荡荡。

古镇的深巷，绵延在我们背后，沉静着。是岁月最为本色的样子。

月亮天

我要对此刻的天空说点什么才好。

此刻，晚上八九点。月亮升得很高了，天空澄澈得仿若一潭湖水。一两颗星子，是水里面游着的小鱼，轻盈又活泼。

万物经过一春的盛放、一夏的喧闹，渐渐各归其位。这很像一场繁华演出，高潮已过，终到谢幕。于演员也好，于观众也好，都得到了各自所需的，心满意足了。灯光也就一盏一盏熄灭了，站起身，掸掸衣，都回家睡觉去吧。

虫鸣声藏起来了。桂香藏起来了。偶有一两片树叶飘落，声音便格外的响，嘎嚓，嘎嚓。我以为，那是树的心跳声。天与地，都安静下来，撤除防御，卸下武装，裸露着一颗心，让月光晾晒。人在这样的月亮天里走着，容易模糊了时间，模糊了地域，模糊了生死界限。岁月无垠，有亘古况味的感觉。

有时，安静的力量，要远远大于喧哗。

月亮似硕大的花朵，开在天上。你说是朵白莲，像。说是朵白菊花，像。我要说，它更像一朵白牡丹，富贵雍容得不行。也只有这个时候的月亮，才当得起这"雍容"二字吧。月白风清，也说的是这样的时刻吧？

清代德隐说："对此怀素心，千里共明月。"我很喜欢他说的这个"素心"。经月光的洗濯，再染尘的心，怕也会明净起来的吧。那怀着素心之人，一个一个，在月下重逢了。"晨兴理荒秽，戴月荷锄归"，那是归隐田园的陶渊明；"我歌月徘徊，我舞影零乱"，那是洒脱狂放的李白；"从今若许闲乘月，拄杖无时夜叩门"，那是奢望和平安宁的陆游。吕洞宾也来了，他带着一个小牧童而来，"归来饱饭黄昏后，不脱蓑衣卧月明"。月光为毯、为被，那小牧童酣睡的样子，实在动人。

我的童年，便也跟着奔跑而来。这样的月亮天，我们在屋里铁定是待不住的。出门去，游戏多着呢，弹玉球，拍火花，跳房子，踢毽子，跳绳。或穿长棉线扯着一片破塑料纸，沿着田间小路，呼呼地往前冲。想象着自己是举着一面旌旗呢，正率领着千军万马。

大人们闹不懂我们为什么这么"疯"，总要责骂，大半夜的，还不睡觉，魂丢外面去啦！他们说对了，我们的确把魂丢在外面了，丢在那片月色里了。我们总要玩到月亮西沉，才回到屋内去睡。一时三刻却睡不着，眼睛睁得大大的，看着窗外的月亮天，瞎兴奋。哦，这样的月亮天，能不叫人快乐嘛！

我在路边亭子里的石凳上坐下来。有凉意穿透衣衫，直抵我的肌肤。但也只是一小会儿，我的体温，就让石凳变暖和了。——只要你捧出足够的温度，纵使石头，也会被捂暖。人与人的关系，人与物的关系，莫不如是。

　　难得碰见孩子了。现在的孩子，都被关在密封的房子里，少了在月下追逐的野趣。他们怕是连月亮长什么样，也不大说得清的。一对散步的老夫妇，并排走着，喁喁地说着话，从我身边走过去。他们的发上、肩上，落满白花瓣一般的月光。我微笑着，目送他们，直到他们彻底与一片月色，融合到一起。

青花瓷

初见青花瓷，是在米心的家里。

米心是我的同桌。她的名字，我相信，独一无二。至少在我们那个小镇上。

小镇很古，古得很上年纪——千年的白果树可以作证。白果树长在进镇的路口上，粗壮魁梧，守护神似的。有一年，突降大雷阵雨，白果树遭了雷劈，从中一劈两半。镇上人都以为它活不了了，它却依然绿顶如盖。镇上人以为神，不知谁先去烧香参拜的，后来，那里成了香火旺盛的地方。米心的奶奶，逢初一和月半，必沐身净手，持了香去。

小巷深处有人家。小镇多的是小巷，狭窄的一条条，幽深幽深的。巷道都是由长条细砖铺成，细砖的砖缝里，爬满绒毛似的青苔。米心的高跟鞋走在上面，笃笃笃，笃笃笃。空谷回音。惹得小镇上的人，都站在院门口看她。她昂着头，目不斜视，只管一路往前走。

那个时候，我们都是十七八岁的年纪，高中快毕业了。米心的个子，蹿长到一米七，她又爱穿紧身裤和高跟鞋，看上去，更是亭亭玉立，一棵挺拔的小白杨似的。加上她天生的卷发，还有白果似的小脸蛋，更透着一股说不出来的气质。在一群女生里，极惹眼，骄傲的凤凰似的。女生们都有些敌视她，她也不待见她们，彼此的关系，很僵化。

但米心却对我好。天天背着粉红的小书包来上学，书包上，挂着一只玩具米老鼠。书包里，放的却不是书，而是带给我吃的小吃——雪白的米糕，或者，嫩黄的桂花饼。都是包装得很精致的。米心说，他买的。我知道她说的他，是她的爸爸。他人远在上海，极少回来，却源源不断地托人带东西给米心。吃的，穿的，用的，都是极高档的。

米心很少叫他爸爸。提及他，都是皱皱眉头，用"他"代替了。有一次，米心趴在教室的窗台上，看着教室外一树的泡桐花，终于说出一个秘密，"我上小学的时候，他在上海又娶了女人，不要我妈了，我妈想不开，上吊自杀了"。米心说这些话时，脸上的表情，幽深得像那条砖铺的小巷。一阵风来，紫色的泡桐花，纷纷落，如下花瓣雨。我想起米心的高跟鞋，走在小巷里，笃笃笃，笃笃笃。空谷回音，原都是孤寂。

米心带我去她家，窄小的天井里，长一盆火红的山茶花。米心的奶奶，坐在天井里，拿一块洁白的纱布，擦一只青花瓷瓶。瓶身上，绘一枝缠枝莲，莲瓣卷曲，像藏了无限心事。四周安静，山茶花开得火红。莲的心事，被握在米心奶奶的手里。一切，古老得有些遥远，遥远得让我不敢近前。米心的奶奶抬头看我们一眼，问一声："回来啦？"再无多话，只轻轻擦着她怀里的那只青花瓷瓶。

后来，在米心的家里，我还看见青花瓷的盖碗，上面的图案，也是绘的缠枝莲。米心说："那原是一套的，还有笔筒啊啥的，是我爷爷留下来的。"

我见过米心的爷爷，黑白的人，立在相框里。眉宇间有股英气，还很年轻的样子。却因一场意外，早早离开人世。至于那场意外是什么，米心的奶奶，从不说。她孤身一人，带了米心的父亲——当时只有五岁的儿子，从江南来到苏北这个小镇——米心爷爷的家乡，定居下来，陪伴她的，就是那一套青花瓷。

米心猜测，"我奶奶，是很爱我爷爷的吧。我爷爷，也一定很喜欢我奶奶的。他们多好啊！"米心说着说着，很忧伤。她双臂环绕自己，把头埋在里面，久久没有动弹。我想起米心奶奶的青花瓷，上面一枝缠枝莲，花瓣卷曲，像疼痛的心。那会儿的米心，真像青花瓷上一枝缠枝莲。

米心恋爱了，爱上了一个有家的男人。她说那个男人对她好，发誓会永远爱她。她给他写情书，挑粉红的信纸，上面洒满香水。那是高三下学期的事了。那时候，我们快高考了，米心却整天像丢了魂似的，试卷发下来，她笔握在手上半天，上面居然没有落下一个字。

米心割了腕，是在要进考场的时候。米心的奶奶，闻到血腥味，才发现米心割腕了，她手里正擦着的青花瓷瓶，"啪"的一下，掉地上，碎了。

米心的爸爸回来，坚决要带米心去上海。米心来跟我告别，我看到她的手腕上，卧着一条很深刻的伤痕，像青花瓷上的一瓣莲。米心晃着手腕对我笑着说："其实，我不爱他，我爱的，是我自己。"

十八岁的米心，笑得很沧桑。小镇上，街道两边的紫薇花，开得云蒸霞蔚。

从此，再没见过米心，没听到米心的任何消息。我们成了，隔着烟雨的人，永远留在十八岁的记忆里。

不久前，我回我们一起待过的小镇去，原先的老巷道，已拆除得差不多了。早已不见了米心的奶奶，连同她的青花瓷。

认取辛夷花

少时读《红楼梦》，是读得一知半解的，里面好多情节，读过也就读过了，多半记不住。然独独对第四十回中描写的"软烟罗"，记得牢靠。软烟罗，软烟罗，单单念着这几个字，就叫人浮想联翩了。何况它的颜色又各各艳丽着，一样雨过天晴，一样秋香色，一样松绿的，一样银红的。那银红的，贾母命人给黛玉做窗纱。

真奢侈！

我不知道，若是拿这样的软烟罗，给我家的窗子糊上，人睡在里面，会是什么样的好滋味。

我家的窗，只留着一个窗洞，是从来不糊窗纸的。窗帘也没有。冬天天冷了，风刮进来，大人们拿一把稻草塞塞完事。其他的季节，也只用块破塑料纸蒙着。风一吹，哗啦啦作响。我读初中，有同学不经我允许，跑去我家找我。我生气得很，觉得羞耻。我羞耻让他望见了我家的贫寒——哦，窗洞竟是用稻草塞着的。

那时去老街，我最流连的，是那些有着粉色窗帘的窗。清晨，穿着碎花睡衣的小街女子，蓬松着头，睡眼惺忪，从有着那样窗帘的房子里走出来，款款的，去上公共厕所，我亦觉得美好。因有了那一挂窗帘，她们整个的人，都是轻逸优雅的。

我软磨硬泡着我奶奶，给我们的房间挂上一幅窗帘吧，我求我奶奶。我奶奶想起来，当年新房上梁时，有用剩下的红棉布、绿棉布。红棉布给我做了件小褂子，早穿旧了。绿棉布一直收着。她被我缠得没法，翻箱倒柜，把绿棉布给找出来，用几股棉线穿住一边，也就在房间的窗上挂上了。

晚上，我躺在床上，世界被挡在窗帘外。我望着这幅绿窗帘，迟迟不肯睡，看灯光在它身上描出橘色的影子，有着一屋子的好，心里真是高兴。

再去学校，我有了足够的资本邀请我的同学去我家玩。我说："就是有绿布窗帘的那一家啊。"怕他们记不住，再三重复，一定记住啊，是绿布窗帘哦。

一些年后，我读袁宏道的《横塘渡》：

> 横塘渡，临水步。
>
> 郎西来，妾东去。
>
> 妾非倡家女，红楼大姓妇。
>
> 吹花误唾郎，感郎千金顾。
>
> 妾家住虹桥，朱门十字路。
>
> 认取辛夷花，莫过杨梅树。

我读着读着，就笑起来。诗里的女孩子实在是俏皮有趣的，还兼着有些显摆。红楼大姓妇——那是很有点钱的呀。门口栽的花树也极显品位，是芳香优雅的辛夷花，也就是紫玉兰。横塘偶遇，她相遇到意中人。临别之际，她约他去她家拜访，把她的骄傲给端出来，她说，我家就是家门口栽着辛夷花的那一家啊，你千万莫要走错了呀。

　　寻常岁月，就这样旖旎生动起来。

天水

连续的雨天，叶子在风雨中打着旋，不堪重力般的，一头栽到路面上。行人都瑟缩在雨披里，嘴里嚷着，好冷。是冷，一路下班归来，手脚冰凉。眼看着天黑了，雨却仍没有停下的意思。

厚棉被捧出来了。取暖器也搬出来了。插上电，不一会，芯片就红红的了。一居室，开始被熏得暖暖的。风在窗外，雨在窗外，夜在窗外。急雨敲屋，敲窗，它们进不来，我有安心的感觉。

想起一首诗里写的：绿蚁新醅酒，红泥小火炉。想想，就诱人得很。新酿的米酒，在小火炉上温着。这也罢了，偏偏一绿一红，这样的色彩，诱惑着我的想象。一定是新米酿的酒罢？上面泛着绿莹莹的光。小火炉是红泥抹上，抑或是炭火烧红的，反正是泛着温暖的红色。让人冻僵的四肢，在瞬间活泛起来。这样一个雨夜，我渴望也有这样一炉火燃着，有这样的酒温着，虽然我不会喝酒，大概也难以抗拒这样的温暖，会饮上一杯。醉了又何妨？<mark>风声雨声在屋外，我可以守着一屋的暖。还求什么呢？</mark>

他躺在床上傻笑，说："真好。"他不是个诗情画意的人，有时甚至是严肃的，却在雨夜里，变得像个孩子，欢欢喜喜把被子裹在身上，叹着气叫："真幸福啊。"幸福什么呢？外面是惊天动地一个天地，雨狂风狂。室内却有一屋的温馨。这样的温馨，需要好好享受才不致浪费。

"你听，你听。"他让我听雨敲在琉璃瓦上的声音。"像不像打夯？"他比喻。我说打夯是什么？他说，就是人家砌房子时，用石头夯实地基，那时，很多男人一齐用力，"嗨哟"一下，把石头结结实实夯下去，发出"咚"的一声，再提起，再"嗨哟"一声夯下去。就这样一下一下的。

我笑。一群男人，赤着膊夯地基的样子就在眼前晃。他们口里哼着号子，一声一声，可不正像这急雨乱敲嘛。房子是砌给人住的呢，一点马虎不得，地基夯得越实越好。盖房子的主家，白面馒头蒸在一边，候着他们。夯累了，一个个坐下来，大口吞馒头，一边开着荤荤的玩笑，劳作的生活，就这样过出快乐的味道来。

再听，这急雨又像一群心慌慌的孩子，赶着去邻村看一场戏。戏早就开场了呀，他们却因什么事耽搁，去晚了。一碗热粥在大人的"威逼"下慌慌喝下，从喉咙一路烫下去，直烫到心口，也管不得的。碗搁下时，人早已跑到门外去了。一路小跑，脚步纷乱，边跑还边叫，等等我呀。其实，哪里用得着这么的急，那些戏，总是那村演了再到这村演，日后有得看的。上了年纪的人，在路上走得不慌不忙，一边走一边对着那些孩子慌慌的背影说，心慌吃不得热粥哟。是不相干的一句话，却有老人的老经验在里头。孩子不懂这些，他们总要经历很多岁月之后，才会变得从容。

雨仍在下着。一个夜，静了。老家的屋檐下，少了等雨的盆罢？那时，老家还都是茅草房，再急的雨，打在茅草上，也变得温柔，是沙沙沙的。仿佛有无数只手，抚在人的心上。祖母总喜欢放只盆在屋檐下等雨，那些浸过茅草的雨，顺着屋檐落到盆里，褐色的红。祖母说那是天水。"甜呀。"祖母说。让它沉淀了，烧茶喝，或是煮粥吃。

我有没有吃过"天水"烧的茶或煮的粥呢？我不记得了。想来总是有的。小时的需求简单，有茶喝有粥吃就是好了。祖母会让我们吃出花样来，譬如用这"天水"烧茶煮粥，还是原来的锅碗，里面盛的东西，却变得美好起来香起来。

问他："你知道天水吗？"

他奇怪："什么天水？"

我独自微笑。在一屋的雨声里，想天水和我的祖母。它们在这个世上真实存在过，又一同消失在时空里，成了浩渺中的永恒。

Chapter

2

我曾如此纯美地

开过花

少年事

　　紧靠着戴庄学校的，是用围墙圈起来的苗圃，足有五六十亩地，里面有房屋一幢幢，是苗圃的职工们住的。那些职工和当地农民有很大区别，他们是城镇户口，拿工资，吃供应粮，用炭炉子烧饭吃。

　　谢的家，就住在苗圃里面。

　　谢是个羞涩的小男生，瘦长脸，白净，五官生得小巧，喜欢脸红，有些像女孩子。我不知怎么跟谢走得很近了。苗圃里新近有什么花开，谢都跑来告诉我。我和另两个女生，就跟着谢过去看。我在那里认识了很多花，像月季、紫薇、虞美人、蔷薇、山茶花，等等。谢还帮我偷拔过两棵月季，手上被扎上刺，我拿大头针挑了半天，才给挑出来了。那两棵月季，一棵开艳黄的花，一棵开水粉的花，我带回去，我爷爷给栽在家门口，一开就是几十年。

这年桃花开了，谢中午来上学，神秘兮兮地告诉我："苗圃里来了个照相的。"那年代，照相是件稀罕的事。偶尔的，老街上照相馆的师傅，背着照相器材下乡来，家家户户闻知，都要盛装出门。

我当下心痒，怂恿了几个女生，跟谢逃了课去照相。谢把他妈系的红丝巾偷出来，给我们做道具用。一条红丝巾从这个手里，转到那个手里，我们站在一树的桃花前，笑，笑得山花烂漫。

那天回到学校，班主任站在讲台前，冲我们发了很大的火，把他头上的帽子一摔多远。放学时，我们被留下来写检查。我们一点也不难过，边写边互相偷笑，心里想着桃花和红丝巾，不知道有多美的。

照片拿到手，却有点意外，一树的桃花，只成了一抹灰白的斑点。红丝巾也是，只是一抹飘过的淡淡的影子。唯我们的笑脸很灿烂，成了黑白中的明艳。

徐、刘、仲、夏，是我们班的四大金刚。

这四个人，出入都在一起，好像穿着连体裤。

那时盛行成立帮派，都是一帮社会小青年，才从禁锢中解放出来，胳膊腿腿舒展得没地方搁了，就思量着寻些什么事儿，来打发旺盛的精力。他们成立了什么蝴蝶帮青龙帮的，搞得很江湖。徐、刘、仲、夏这四个少年，也跟着模仿，自立山头，称四大金刚。

四大金刚三天冒九被老师找去训话。他们又打架了。他们又损坏公物了。他们又逃课了。他们又不交作业了。——他们摊上的事儿，总是很多。有时，有些坏事未必就是他们干的，但也被栽赃到他们头上。他们不辩解，嬉皮笑脸着，不把老师的训话放心上。

也没见过他们有多恶。但恶名在外，这是没办法的事，大家远远看见他们来了，都避开去，躲瘟神一样的。

那时，学校的宿舍紧张，教室里也给安排了床位，上下铺，两张架子床，靠教室后墙放。四大金刚离家远，住宿，就睡在这样的架子床上。文静的小男生谢，常被人欺负，四大金刚出面帮他摆平，谢也就跟他们慢慢走近了，像条小尾巴似的。我跟谢的关系不错，自然的，他们也跟我混熟了，对我一向客客气气。

那天放学，谢悄悄跟我耳语，说："晚上我们在教室里吃烧烤，你要不要参加？"

烧烤？这个我不陌生，我从小就烤过玉米烤过土豆烤过山芋烤过蚕豆啥的，只是在教室里，就我们几个少年一起吃，这还是第一次，很新颖很刺激。我动心了。

放学后，我留了下来，跟着谢去苗圃，在里面游荡，单等着天黑下来。四大金刚趁这个机会准备食材，到人家地里拔了些蔬菜，还到人家鸡窝里偷了几只鸡蛋。本想抓一只鸡的，但不会宰杀，作罢。谢潜回家里偷出一瓶白酒，还用报纸包来两条小熏鱼，天也就黑下来了。

四大金刚不知从哪里弄来一盏酒精灯，火太小，烤的蔬菜，都是半生不熟的。四大金刚又去捡来柴火，在教室的空地上点燃，我们围着一小堆火，无盐无油的食物，竟也是那么的香。我们一人喝一口酒，呛得不行，小脸却兴奋得红彤彤的。

第二天，此事被整个学校知道了。原因出在那浓烈的烧烤味道上，教室里的灰烬虽被清扫干净，可烟火气息却久久不散。这还得了，校长都出动了。我爸被叫到学校来，把我好一顿教育。我爸跟校长是小学同学，看在这一层关系上，我是作为失足少年被挽救的。谢的父母是苗圃职工，也是有面子的，谢的处罚，也给免了。四大金刚就没这么幸运了，他们背上处分，在全校师生大会上作检查，差点被开除。

我后来没再跟四大金刚有过交集，我做着好学生。他们也不来招惹我，遇见了，也只是深深地看我一眼。

四大金刚到底没挨到毕业，后来他们又犯了什么事，被学校勒令退学了。若干年后，他们中的一人为孩子上学读书的事，找到我。他说他是夏，当年四大金刚中的夏。他站在我跟前，搓着手，很羞赧，与当年的桀骜不驯判若两人。问起其他几个人，他告诉我，都混得不错。一个混成了包工头，一个混成了房地产老总，一个竟创办了一家私立幼儿园，办起教育来。我问："那你呢？"他搓着手嘿嘿嘿地笑，最后说："一般，一般，我办了家小厂子，手下才几百个员工。"

少年时代，总要遇到这样几个"不良"少年，他们不爱学习，调皮捣蛋却数第一。他们歪戴着帽子，衣衫不扣扣子，浑身像长满角，喜欢挑战，好打抱不平。他们蔑视规章和制度，学着抽烟、喝酒，他们其实只是等不及长大，想用这一些，来扮演成熟。

初三时，班里转来一个女生，叫蕾。父亲是在徐州煤矿做事的，她原是跟父亲在徐州读书，算是见过世面的人。

蕾的打扮很洋气，头发微微卷着，扎了两只小辫子，辫梢上缠着粉色的蝴蝶结。蕾人长得圆润，莹白。年轻的语文老师，把她打量了又打量，那眼神里，是对美的欣赏。他把她安排在教室第一排，我们看向黑板的时候，目光总要在她的身上，落了又落。

我当时跟一个叫贞的女生同桌，贞是班长，我是学习班委，我和贞的关系一直不错。蕾不知从什么时候起，加入到我们中间来，我们成了形影不离的三个人。一天，三个女生想学古人义结金兰，拜天拜地好像都行不通，我们一合计，去老街上的照相馆拍张合影吧。

也就去了。借了自行车，一人一辆骑着。一路骑，一路说着傻话，诸如我们要永远这样好下去之类的。是秋天，白日清朗，田园安静。

照相馆提供了一束塑料花，给我们作摆设。我和贞坐着，蕾站在我们身后，一手搁在贞的肩上，一手搁在我的肩上。那束塑料花，被我捧在手上，搁在了我和贞的胸前。照相师傅朝我们竖着一只手，在照相机的黑匣子后，发出信号："一、二、三、笑！"我们就一齐笑了。

照片取回来，上面三个小女生，都美得跟一团花似的。我们把照片放在文具盒里，被语文老师看见，他拿起照片，细细端详，赞赏道："拍得真不错。"又问我，"你是怎么化妆的，头发谁给你梳的？很好看的。"

我也只是把两条长辫子卷了起来，他居然用了"化妆"这个词，让我一想起，嘴角就泛起笑意，又幸福又自得。

我的这张照片后来去了哪里，我竟不甚了了。

三个女生却各有各的命运。

我是把书一直读了下去，读到高中，读到大学。出来后，再进校园，一辈子与书为伴。

蕾的成绩一般，前途却不愁，初中毕业后，她就去了徐州，投奔她父亲去了。估计她父亲在煤矿上给她找了份工作。

贞的道路就有些曲折坎坷了，在跟我们"义结金兰"后没多久，贞的父亲突然暴病身亡，一个家瞬间倒塌。贞的母亲要贞辍学回家，我们的语文老师惜才，亲自登上贞家的门，去说动贞的母亲，让贞继续留在学校念书。贞的母亲领了五个子女，齐齐跪在语文老师面前，说活不下去了。年轻的语文老师哪见过这阵势，眼圈当即红了，表态，贞以后的学费书费，都由他出。语文老师没有食言，贞后来的学费书费，果真都是他给拿的。我回家说起贞的情况，我爸也极同情，贞中考的考试费用，是由我爸出的。

中考时，贞没考上高中，她去念了一所技校。毕业后，做了一名园艺工，早早嫁了人。

她家的相册里，一直留着我们当年的照片，三个小女生，笑得一团水粉，一束塑料花，搁在胸前。

年轻的语文老师，喜欢带领我们玩一个游戏，那个游戏，叫击鼓传花。

下午上第一节课，是最容易让人犯迷糊的，尤其在春暖花开时。瞌睡虫子满身爬，人虽然坐在课堂上，眼皮却在认真地打着架，梦开始神游。语文老师是宽容的，他见我们这样，从不责备，而是很大度地笑了，说："下面，我们玩击鼓传花吧。"

梦立即被打跑了，一张张小脸兴奋起来。桌子很快被围成一圈，贞跑上讲台去，背对着我们，开始击"鼓"。所谓的鼓，也就是一粉笔擦。贞拿在手上敲讲台，嗒嗒嗒，嗒嗒嗒。花是用手绢代替，或就是一本书，随着"鼓"点，这朵"花"被一个人一个人地传下去。鼓声每敲一段时间，会停下来，这时，"花"落在谁跟前，谁就要表演节目。唱歌，说笑话，跳舞，朗诵，都行。实在不会，学几声狗叫，也行。也可以指派别的同学，代你完成节目。——十四五岁的孩子，最有表演欲了，都想"花"落在自己跟前。

那天，"花"落在一姓万的男生跟前。万同学皮肤黑黑的，脸上却嵌着一对水灵灵的大眼睛。他拿起"花"，忸怩了好一会儿，在大家的连声催促下，他突然伸手一指我，说："我要丁立梅代我表演。"

我真是吓了一跳。这个男生，我平日跟他并无往来，话都不曾说过几句，他怎么就赖上我了？我瞪着他。大家起哄，打着拍子叫："丁立梅表演啊，丁立梅快表演啊。"他也热切地望着我，面含笑意，脸却烧红了。

我固执地不肯表演。语文老师出来打圆场，说："等她想好了节目再表演吧，我们接着玩。"贞又敲起"鼓"来，嗒嗒嗒，嗒嗒嗒。

课后，万同学走到我跟前，很委屈地问我："你怎么不表演呢？我这是给你争取机会呢。"我也只是莫名其妙看着他，不明白他为什么这么说。

之后又发生一些事，轮到我值日，清扫教室，万同学帮着清扫。我收全班的作业本子，万同学主动帮我收，并整理齐了。万同学的家里开着小店，卖些小吃食。他带一些吃的来，糖果糕点的，分给贞和蕾，也顺便分给我。他还问贞要我和贞和蕾拍的合影，说我们拍得很好看。

贞在我耳边说，万很好呀。蕾也在我耳边说，万很好呀。我都未曾在意，这么糊涂着，也就毕业了，各奔东西。

一些年后，我才恍然，那是喜欢吧。

初心

初心是什么?

是春天的第一颗嫩芽,刚刚钻出土来;是秋天的第一滴晨露,栖落在花蕊间;是夏天的青荷,送出第一缕香;是冬天的飘雪,在大地上印上初吻。

是大敞特敞的门户,热切地拥抱一切。哪怕风雨雷电,哪怕毒蛇猛兽。

初心里,哪有什么风雨雷电呢!哪有什么毒蛇猛兽呢!是相信这个世界的所有。相信鲜花,相信彩虹,相信笑容,相信温柔,相信纯真和善良,相信承诺。哪怕是谎言,哪怕是欺骗,也是坚信不疑的。

是那样竭尽全力想对一个人好,想爱这个世界,想与之天长地久。

是看不得悲伤、眼泪和疼痛。

是没有得失恩怨，没有猜忌、不安和阴谋。

是毫不设防。

是随时随刻，准备倾囊相赠。

花好月圆。日日都是人间四月天。

羡慕小孩子。

每个小孩，都有一颗初心。

看两个陌生的小孩初相见，是颇有意思的。

根本不用大人引荐，他们早已从对方身上，嗅出同类的气味。像两只小狗相遇，就那么好奇地、专注地，打量着对方，仿佛在打量另一个自己。

然后，一个突然不好意思地跑开去，把一张小凳子搬来搬去，弄出很大的响声。甚至不顾大人的阻挠和斥责，故意把沙子撒到吃饭的碗里。其实哪里是玩，只不过用这种方式，吸引另一个跟上。眼神清清楚楚地是朝着另一个的，那里面在热切地无声地说，你也来呀，你也来呀。

另一个立即读懂，欢快地跑去，跟着玩起来。

笑是他们最好的语言。他们挨在一起，一个笑，咯咯咯。另一个笑，咯咯咯。也没什么好笑的，但他们就是望着对方，笑个不停。

他们一笑，全世界的花都开了。

也只小半天的工夫，他们俨然已成旧相识，到哪里都手牵着手的。他奔跑，她也奔跑。她跳跃，他也跳跃。她绕着一棵树转圈，他也绕着。他叫她，佳佳妹妹。她喊他，阳阳哥哥。是两支小溪流相遇，欢欢喜喜地汇聚到一起，心里倒映着一个蓝天。

告别时，已变得难分难舍，总要哭闹好久。

是真心的舍不得离开呀。全世界所有的玩具都拿来，也不敌眼前的这个哥哥和这个妹妹呀。

大人们只觉得好笑，以为小孩健忘着呢，对他们这小小的初心，哪会当真。只是哄骗着，明天还会再来玩的呀。

他们破涕为笑，信以为真。哪里知道，人生有些相遇，只是偶尔的路过，再回不了头的。

过了半年，他和她，玩着玩着，忽然丢下玩具，出一回神，嘴里碎碎念道，我想佳佳妹妹了。我想阳阳哥哥了。

是一朵花和另一朵花相遇，稍稍点一点头，就有无限的好意。初心晶莹，无关江山，无关风月，只关乎一个他，只关乎一个她，只想在一起，在一起。

不忘初心。有几人能做到不忘呢?

初相见，他对她说，我会一辈子对你好。眼神清亮，誓言响亮，地老天荒。

然一辈子太长了，走着走着，也就走岔了道。他不是他了，她亦不是她。陌上相逢，只剩陌生。

林黛玉说，早知今日，何必当初。

傻姑娘她不知道的是，今日哪能和当初相比，当初捧出的是一颗初心哪! 是天也透亮，地也透亮。

人越长大，离初心就越远。

世间坚守一段生命容易，坚守一段初心，却难。

我们都把初心给弄丢了。

相见欢

　　花，真大，硕大。白缎子扎出来似的。人普遍称之广玉兰。它其实还有个别名，叫荷花玉兰。这叫法才真叫贴切，把它的清新脱尘，活脱脱给叫出来了。它是开在树上的荷花。

　　一排，一排，路两侧，高大的树上，栖息着这样的花朵。密集的绿叶之中，它的白，愈发显得醇厚，浓郁，质感嫩滑，跟新鲜的奶油似的，让人有咬上一口的欲望。

　　五六月的天，小城的荷花玉兰，不吵不闹地开了，一朵接着一朵，总要开到七八月。花香顺着风飘，清清淡淡，清清淡淡。是浴后的女子，怀着体香。因为多，人多视而不见，他们日日袭着花香走，却不知道感激谁。

　　花不在意。无人留意它，还有鸟儿呢。我看见一只翠鸟，飞进花树中，在绿叶白花间，蹦蹦跳跳，幸福地鸣叫。纵使没有鸟儿光顾，也还有蝴蝶呢，还有蜜蜂呢。哪怕只为一阵拂过的轻风，它的开放，也有了意义。

与它，不是初相识，而是再相逢。是十八九岁的年纪吧，我远在外地的一座城读书。校园里走着，不经意就能撞见这样一棵树，高大，枝繁叶茂。没课的时候，我喜欢躲在二楼的阅览室看书，拣了窗口坐。窗外，一棵荷花玉兰，枝叶蓬勃得都俯到窗台上来了。什么时候看着，它都是满树的绿油油，春光永驻的样子。

最喜花开时分。是鼻子先知道的。一缕一缕的香，从窗外飘进来，在薄薄的空气中浮动，空气变得酥软。抬头，与花朵打个照面，心里的欢喜，一蓬一蓬地开了。

陌生的男孩女孩搭讪，是从这花开始的。

咦，花开了？那一天，终日在一张台子后坐着，负责登记各类报章杂志的男孩，突然站到女孩跟前来，顺着女孩的目光，看向窗外的荷花玉兰说。

是啊，花开了，女孩答。低头，眼光落在书上面，有些慌乱。

我看你每次来，都借阅诗歌一类的书，你很爱诗？男孩问。

女孩的心跳得缤纷，原来，他一直注意她的。女孩惊喜地说，你也爱诗？

男孩点点头，不好意思地说，我有时，也胡乱涂一些的。

男孩是阅览室的收发员，来自偏僻乡下，家穷，母亲多病，他早早辍学。因了一远房表亲的关系（他的表亲在这所学校任职），他得以在此谋得一临时差事。

女孩不介意这些，她和他交流各自写的诗。薄薄的黄昏，暗香浮动。

也有过为次数不多的一两次散步，两个人，在别人诧异的目光中，沿着一排一排的荷花玉兰走。没话找话的时候，他，或者她会说，看，花又开了不少了。

于是，都仰头看花。男孩忽然说，真羡慕你们这些大学生啊。又忽然认真地看着女孩说，谢谢你，你没有看不起我。

女孩的心里，又甜蜜又悲伤，竟是说不出的。

也就要毕业了。女孩去找男孩道别，才得知，男孩早已辞了工作，走了。女孩看到男孩留下的诗：你有你的路要走／我有我的路要走／感谢相遇的那会儿／你的温暖／陪我走过孤单。

经年之后，我每遇到荷花玉兰，会想起这些来。男孩的样子早已模糊，却清晰地记得那一朵一朵的花，在我青春的枝头，静静绽放。

我现在任教的校园里，也种有大棵的荷花玉兰。午后清淡的闲暇里，几个孩子嬉闹着过来了，他们额上淡黄的绒毛下，望得见青嫩的血管在搏动。他们从一排花树下过，并不抬头看花。我忍不住喊住他们：

看，那些花。

花？哪里有？他们看看我，茫然四顾，终于在头顶上发现了大朵的荷花玉兰。他们惊叫起来，这么大的花啊！

青春的回眸里，怎么能少了一朵花的香呢？我笑笑走开去，任他们在花树下，叽叽喳喳。

我曾如此纯美地开过花

那年，我高考失利，到邻县一所中学复读。学校周围，住了一些人家，小门小院，家家门前长花长草，还有一些泡桐树。高大得很，枝叶儿疏疏密密地掩了人家的房。四五月的时候，泡桐树开花，一树一树淡紫的花，环绕在房子上方，像给房子戴上了花冠。我喜欢在清晨，捧了书，跑到那些树下读。那个时候，我也成了大自然中的一个，我忘了乡下孩子的自卑，我变得很快乐。

就在无数个清晨之后，我遇到了那个男孩。他穿一身白色运动衣，在小路上晨跑，黑发飞扬，朝气蓬勃。我当时正捧着书，他笑着跟我点点头，又继续他的跑步。

我只觉得眼前有阳光在飞。那个笑容，从此印入我脑海中，挥之不去。这以后，我在清晨读书时，开始有所期待，每天听到他的跑步声临近，又听到他的跑步声远去，心里有头小鹿在跳。

后来在学校，人群里相遇，他显然认出了我，隔着一些人，他递给我一个笑，熟稔的，绵长的，有某种默许似的。我的脸，无端地红了，也还他一个笑。除了笑一笑外，我们没说过一句话。

梦里开始晃着一个影子，很多的时候，并看不真切，像远远开着的一树花，一团粉，或一团白。我开始嫌自己不够漂亮，对着镜子，把清汤挂面样的头发，拨弄了又拨弄。母亲纳的鞋，母亲缝的土布衣，多么让我难过！我变得忧伤，雾岚般的，淡淡地飘在我的日子里。

泡桐花落尽的时候，我要回我的家乡参加高考。走的那天清晨，我依然在学校门前的路上晨读，那个男孩，也依然来晨跑，穿一身白色运动衣。他跑过我身边时，放慢脚步，送我一个笑，又渐渐加了速跑远。望着他的背影，我的疼痛，被瞬间击中，我在那个清晨，流下眼泪。我很想很想对他说一声再见，但最终什么也没说。

人的一生所经历的，并非只有轰轰烈烈才成记忆。在泡桐花盛开的时节，我自然而然会想起他，我会痴痴地发一回愣，然后微笑起来。我望见了我柔软的青春，不后悔，不遗憾，因为我曾如此纯美地开过花，对岁月，我充满感恩。

　　大眼睛，双眼皮，一笑嘴边现出两个深深的酒窝，那是蕾。她家住老街上，那儿，清一色的小青瓦的房，一幢连着一幢。细砖铺成的巷道，一直延伸到深深处。人家的天井里，探出半枝的绿，或是，一枝两枝累累的花，点缀着巷道的上空，巷道便很有些风情的意思了。街上人家都养尊处优着，至少在那个年代的我的眼里，是这样的。初夏的天，太阳还没完全落下去，他们就早早地洗好澡，穿洗得发白的睡裤，搬把躺椅躺到院门前，慢摇着蒲扇，聊天。那时，我的父亲母亲，多半还在泥地里摸爬滚打：玉米要追肥了。棉花要掐枝了。该插秧了。——这些农活，我都懂。

　　蕾不懂。蕾是街上的孩子。街上的孩子不知道水稻与大米的关系，不知道花生是结在地底下的。他们像一朵朵奶白的茉莉花，纤弱又高贵。蕾跟我去乡下，看见一只大母鸡，也要惊叫。对我历数的野花野草的名字，她一律报以惊奇。而我的乡亲，都停下农活来瞧她，她长得好看是一方面，还有一方面是她身上的城市味：面皮白，衣着时髦，手指甲干净。乡下的孩子有几个不是黝黑黝黑的？指甲里都积满厚厚的垢。我的乡亲啧啧叹，这是城里的孩子啊。语气里满是艳羡。

　　这让我相当自卑。我很少再带蕾去我的乡下了，尽管后来她一再要求再去。那个时候，我们都是十七八岁的年纪，坐在同一个教室里读书。两层的教学楼，红砖，红瓦，窗外长着高大的泡桐树。蕾跟我同桌，喜玩，不爱读书。她常趁老师不注意，偷跑出教室，和几个男生去影院看电影。有时也拉我一起去，我去过一次，不再去了。他们都是城里的孩子，像一簇一簇灿灿的花，沸沸扬扬开着。我却是草一棵，夹在其中，实在有些格格不入。

　　蕾早早恋爱了。班主任在课上三令五申，不许谈恋爱。大家心照不宣地看着蕾笑。蕾也笑，脸上飞起一片潮红，妩媚得很。她用笔轻轻点点桌子，以示对班主任的不满。桌上，一本作业本的下面，压着男孩子写给她的情书。后来，到底被发现了，班主任亲眼看到他们两个手拉手逛街。蕾的母亲来到学校，在蕾的面前声泪俱下，要蕾交出跟她谈恋爱的那个男孩子。我们异常吃惊，吃惊的不是蕾的母亲的声泪俱下，而是她的苍老。她完完全全是一个衰老的老太太，像一枚皱褶的核桃，跟漂亮的蕾完全不搭界。蕾呆呆看着围观的人，"哇"的一声哭出来，丢下她的母亲，捂住脸跑出学校去。

　　蕾清寒不堪的家境，一下子裸露在众人跟前。蕾的母亲是改嫁之后生下蕾的，蕾的上面，还有三个哥哥，两个姐姐。大哥是个傻子。二姐跟人跑了。蕾的母亲在街上摊煎饼卖，维持一家人的生计。

蕾是一个星期之后才回到学校的。她不再谈笑如常，而是长长地沉默，眼睛盯着某处虚空，发呆。那时候，教室外的桐花，已一树一树开了。四月了，我们快毕业了。

高考时，蕾没考上，进了一家纱厂做女工。我们渐渐失去了联系。多年后的一天，突然接到蕾的电话。蕾问，知道我是谁吗？我几乎脱口而出，你是蕾。岁月再怎么风蚀，那声音，还是从前的。我们说起别后的日子，虽寻常，但都安好着。我们回忆起那时的事：两层的教学楼，红砖，红瓦，窗外长着高大的泡桐树。

我在那些往事里，微笑哽咽。一帮同学在谈将来的职业，一男生忽然指着不远处的我说，她将来当厨娘。在那之前，学校集体组织看一部外国影片，里面有厨娘，胖，且笨。旁的人转头看我，都笑起来。那些笑如同锋利的尖刀，把我刺伤得七零八落。以至于我好长一段时间，都沉默寡言，忧郁且激愤。

毕业后的某一年，也曾遇到当年的那个男生，他全然不记得说我做厨娘的事。而是满脸惊喜地叫，是你啊。有遇见的欢喜。

年少时再多的疼痛，都云淡风轻了。唯有感激，感激上苍，让我们曾在青春的路上相逢，照见彼此的悲喜。那些鲜嫩的气息，一去不返。

遇见你的纯真
岁月

他是第一个分配到我们乡下学校来的大学生。

他着格子衬衫，穿尖头皮鞋，操一口流利的普通话，这令我们着迷。更让我们着迷的是，他有一双小鹿似的眼睛，清澈、温暖。

两排平房，青砖红瓦，那是我们的教室。他跟着校长，绕着两排平房走，边走边跳着去够路旁柳树上的树枝。附近人家养的鸡，跑到校园来觅食了，他看到鸡，竟兴奋得张开双臂，扑过去，边扑嘴里边惊喜地叫："啊啊，大花鸡！"惹得我们笑弯了腰，有同学老气横秋地点头说："我们的老师，像个孩子。"

他真的做了我们的老师，教我们语文。第一天上课，他站讲台上半天没说话，拿他小鹿似的眼睛，看我们。我们也仰了头对着他看，彼此笑眯眯的。后来，他一脸深情地说："你们长得真可爱，真的。我愿意做你们的朋友，共同来把语文学好，你们一定要当我是朋友哦。"他的这个开场白,一下子拉近了他与我们的距离,全班学生的热血,在那一刻沸腾起来。

他的课,上得丰富多彩。一个个汉字,在他嘴里,都成了妙不可言的音符。我们入迷地听他解读课文,争相回答他提的问题。不管我们如何作答,他一律微笑着说:"真聪明,老师咋没想到这么答呢?"有时我们回答得太离谱了,他也佯装要惩罚我们,结果是,罚我们唱歌给他听。于是教室里的欢笑声,一浪高过一浪。那时上语文课,在我们,是期盼,是幸福,是享受。

他还引导我们阅读。当时乡下学校,课外书极其匮乏,他就用自己的工资,给我们买回很多的书,诸如《红楼梦》《钢铁是怎样炼成的》《红与黑》之类。他说:"只有不停地阅读,人才能走到更广阔的天地去。"我至今还保留着良好的阅读习惯,应该是那个时候养成的。

春天的时候,他领我们去看桃花。他说:"大自然是用来欣赏的,不欣赏,是一种极大的浪费,而浪费是可耻的。"我们"轰"一声笑开了,跟着他蹦蹦跳跳走进大自然。花树下,他和我们站在一起,笑得面若桃花。他说:"永远这样,多好啊。"周围的农人,都看稀奇似的,停下来看我们。我们成了风景,这让我们倍感骄傲。

我们爱他的方式,很简单,却倾尽我们所能:掐一把野地里的花儿,插进他办公桌的玻璃瓶里;送上自家烙的饼、自家包的粽子,悄悄放在他的宿舍门口。他总是笑问:"谁又做好事了?谁?"我们摇头,佯装不知,昂向他的是一张张葵花般的笑脸。

我们念初二的时候,他生了一场病,回城养病,一走两个星期。真想他啊,班上的女生,守在校门口,频频西望——那是他回家的方向。被人发现了，却佯装说："啊，我们在看太阳落山呢。"

是啊，太阳又落山了，他还没有回来。心里的失望，一波又一波的。那些日子，我们的课，上得无精打采。

他病好后回来，讲台上堆满了我们送他的礼物，野花自不必说，一束又一束的。还有我们舍不得吃的糖果和自制的贺卡。他也给我们带了礼物，一人一块巧克力。他说："城里的孩子都兴吃这个。"说这话时，他的眼睛湿湿的。我们的眼睛，也跟着湿了。

他的母亲却千方百计把他往城里调。他是家里独子，拗不过母亲。他说："你们要好好学习，将来我们会有重逢的那一天的。"他走的时候，全班同学哭得很伤心。他也哭了。

多年后，遇见他，他早已不做老师了，眼神已不复清澈。提起当年的学生，却如数家珍般，一个一个，都记得。清清楚楚，一如我们清楚地记得他当年的模样。那是他和我们的纯真岁月，彼此用心相待，所以，刻骨铭心。

栀子花，白花瓣

在我们那所植满栀子花的中学校园里，张丹绝对是个风云人物：上课经常迟到，作业从来不交，和社会上一帮小青年鬼混，有男生为争她大打出手，玩世不恭，等等。我的同事朱说起她来，是切齿着的。那日，她去他们班上课，课上到中途，张丹突然在底下，敲起课桌肚来，笃笃笃，笃笃笃，一声声，极有节奏的。寂静的教室，仿若平静的湖水，被突然扔进了一块石，腾起浪花无数朵。朱当时气得拿眼瞪她，她倒好，镇静自若地继续敲击，嘴角边还浮上轻蔑的笑。等她敲得索然无趣了，她竟不紧不慢地拿话噎她的老师："看什么看，我长得比你好看！"这事让我的同事朱备受伤害，她再不肯去他们班上课了。

张丹的家庭背景也不一般，父亲是小有名气的公司老总，在张丹读初中时，与她母亲离婚，重娶一年轻女人。那女人，比张丹大不了几岁。母亲离婚后，远走他乡，从此，音信杳无。张丹跟了父亲，却被单独地扔在一幢大房子里，由父亲找来的保姆照应着。

我接他们班时，高二。第一天上课，张丹姗姗来迟。她半倚着门，斜睨着我，嘴唇红艳，紫色的眼影，抹得浓郁。吊带衫，牛仔短裤，脚上一双凉拖，十个脚趾，全涂上蔻丹。很风尘的样子。

我微笑，我说："进来吧。"她可能没料到我会是这种态度，愣一愣，一摇三摆地进了教室。课上，她不时地做些小动作，譬如掏出小圆镜子照，把书本拿上拿下的，她在观察我的反应。我面带微笑地上着我的课，偶尔让眼光掠过她，也还是微笑着的。她到底沉不住气了，用手指敲起课桌来，笃笃笃，笃笃笃。全班同学紧张地看着我，以为我要发火了。我却笑眯眯看着她："张丹，你的节奏感真强，你的歌一定唱得不错。"

张丹完全蒙住了，她呆呆望着我，一时不知怎么办才好。我提议："我们现在就请张丹同学唱一首，大家说好不好？"学生们自然高兴，齐声叫："好！"掌声响得哗啦啦。张丹的脸，在那一刻红了。我暗地想，她原来，也会羞涩的，她不过是个小女生。

那天，她唱了刘若英的《后来》。她唱得很投入，声音甜美，感情真挚，厚的脂粉下，掩映的原是一张天真的脸。她唱完，教室里爆出经久的掌声。我由衷地叹："张丹，你唱得真好，你把人们回忆青春时的疼痛，给唱出来了。栀子花，白花瓣，落在我蓝色的百褶裙上，——多单纯的时光，像现在的你一样呢。"

张丹仰着头看我，我看见她的眼里，慢慢渗出泪。她忍几忍，终没忍住，那泪，掉下来，大颗大颗的。课后有学生跑来找我，说张丹伏在桌上哭了很久，哭得号啕，把班上的同学都吓坏了。我对那个学生说："没事的，让她哭一会吧。"

再去上课，张丹端坐着听，少有的安静。课间作业时，我路过她身边，看到她在一张纸上乱涂：爱，不爱。爱，不爱。就这几个字，涂了满满一大张。我弯腰过去，她赶紧用手捂住纸，手指甲上，桃红的指甲油，欲滴。我悄声与她耳语："张丹，你若不化妆，会更好看的。"她吃惊地看着我，我又补充一句："像栀子花一样的好看，真的。"说完我走开，回头，看见她愣愣地，盯着我的背影看。

这之后，突然好几天不见她。其他老师说："这太正常了，她上课都是三天打鱼两天晒网的，反正她又不愁以后没饭吃，她老子有的是钱。"我打电话过去，她家保姆接的，保姆说，病了。我去看她，路过一家花店，我买了一束姜花带过去。一朵朵洁白的姜花，很像栀子花，淡黄的蕊，白的花瓣儿，落在墨绿的叶间，看上去洁净极了。

张丹看到我带去的姜花，良久没说话。她把姜花抱在怀里，哭了。她捋起袖子，让我看她胳膊上的刺青，上面是一个"爱"字。十四岁时就恋上一个人，一帮青年中的一个，染黄头发，穿奇装异服，把摩托车开得如放箭。那时父母离婚，她正满世界寻找温暖，遇见他，他把她抱坐到摩托车后面，迎着风开。猎猎的风，吹扬起她的发，她的衣，她的心。刹那间，她忘记了所有的不快乐，父亲，母亲，父亲的那个女人，都被风吹散了，无影无踪了。从此，她跟定了他，她为他涂脂抹粉，为他忍着疼痛，在胳膊上刻下爱。她以为，他会永远对她好的。可是有一天，他突然变了模样，头发重染回黑色，穿得正正规规地来见她，对她说，他要结婚了，从此不能再陪她玩了。

张丹哭得无助，张丹说："老师，我不想失去他，我要爱。"

我揽过她的肩，轻轻拍。她的小身子，在我的怀里瑟瑟。我说："你还是个孩子呢，你的青春，还没开花呢。等你真的长大了，你会遇到更好的人的。现在你要做的是，好好爱自己，等着青春开花。"

张丹抱着姜花，不语。姜花朵朵，散发出清幽的香。

隔天，张丹来上课，她变得很安静。她坐在座位上，手撑着头，大半天也不动一下，眼睛仿佛越过了千重山万重水——她在想心事。我走过她的身边，看到她摊在桌上的课本上，有她重重的笔迹，写着我对她说的话：好好爱自己，等着青春开花。我朝她笑了笑，她回我一个笑。我陡然发现，她没有化妆，很素净，像邻家的小女孩。

几天后，张丹忽然来办退学手续。她说，她掉下的功课太多了，再怎么用功，也不能赶上去。何况她对这些功课，也没多大兴趣。她准备去学园艺设计，已跟外地一家技校联系好了，学成后，她要开家大花店。

这个愿望真芳香！我祝福了她。我想，并不是所有的孩子，都适合走高考那条路的。换个环境，或许更有利于她的成长。

来年六月，突然收到张丹从外地寄来的信。信里面夹着她的近照，一树粉白的栀子花下，她一袭天蓝色的裙子，素面朝天，笑若白花瓣，眉间阳光点点。

天上有云姓白

　　他不是我们的正式老师，不过是个高中毕业生。

　　那年，我们初中快毕业了，教我们的英语老师突然生了病，没有老师能顶上这个缺，于是他来了，跛着一条腿。

　　据说他是校长的亲戚。不然凭他一个高中毕业生，怎么能来代我们的课？他来代课总有好处的，有不菲的代课费。——这是消息灵通的同学说的。

　　他第一天来给我们上课，在我们的灼灼目光中，他一跛一跛的，费了好大的劲，才迈上讲台。有学生在底下终于憋不住，"噗"的一声笑出来。这一笑，让他"腾"地红了脸，他窘迫得不敢直视我们，低了头，对着讲台上一摞作业本，半天才憋出一句话来："同学们好，天上有云姓白，我的名字叫白云。"

　　自此后，有学生远远看见他，就白云白云地叫开了。等他答应一声，回转过身来，殷殷地问："什么事啊？"那个学生会"啊"一声，抬头对着天说："我看天上的白云呢。"他并不恼，呵呵笑一声，也陪着仰头看天。

他的课备得极认真，书上密密麻麻全是红笔注的补充。只是那时我们不懂事，并不知他的艰辛，私下里竟有些瞧他不起，认为他不过是个代课的。所以上课总不好好上，不时打岔，跟他耍贫嘴，甚至有同学在底下吹口哨。每每这时，他都涨红了脸，站在讲台前，一动不动地看着我们。等我们闹够了，他可怜巴巴地问："现在我们开始上课好吗？"然后弯腰跟我们道歉："对不起，对不起，都怪我课讲得不好，让你们没兴趣听。"

教室里突然安静下来，听见窗外风吹的声音。那一瞬，我们有些无地自容，再上课，都听话起来，乖巧起来。他很高兴，课上完了，他说："我要奖励你们。"我们都以为他是说着玩的，再来上课，却见他提来一袋子糖——他自个儿掏钱买的，给我们一人发两块。

他喜欢扎在学生堆里聊天。有学生好奇地问："你腿咋的啦？"他并不避讳，说："小儿麻痹症落下的。"又说起他很想读大学，但家里穷，弟妹多，上大学成了遥不可及的梦想。"所以呀，你们要珍惜呀，珍惜这样的好时光。"他变得像长者。

一个月后，我们的英语教师病好了来上班，他得走了。这时，班上发生了一件事，一个成绩很好的女生，父亲突然暴病身亡，女生的家一下子塌了，女生提出退学。他知道后，很着急，跛着一条腿，走了十来里的乡间路，到女生家里去。女生的寡母领着五个孩子，齐齐跪倒在他跟前。他的心一下子揪紧了，他说："我会帮你们的。"他掏出身上所有的钱，又许诺，女生以后上学的钱，他会帮衬着。"一定要让她读高中,读大学,她有这个潜力。"他再三恳求,直到女生的母亲答应为止。

我们毕业前夕,他到学校来看我们,来看那个女生。他瘦了,精神却出奇得好。他说:"你们要好好读书啊,我很想你们。"这一句话,惹哭了我们许多人。

在我读高二那年,却听说他得了白血病,没多久便走了。他教过的学生,因分散在四面八方,竟没有一人能见上面。他资助过的那个女生,一说起他,就哭得不能自已。

很多年过去了,当年的同学每相遇,都会谈到他。末了大家会叹一声:"他是个好人哪。"天上每天都有白云飘过,不知有没有一朵云上有他。

风居住的街道

《风居住的街道》是由日本的钢琴家矶村由纪子和二胡演奏家坂下正夫共同演绎的一首曲子。整首曲子以钢琴作底子，二胡跳跃其上。它们似一对恋人，在音符之上，互诉衷肠。钢琴轻轻呢喃，如梦似幻，二胡热烈唱和，高山流水。二者完美地交融在一起，俩俩相望，地老天荒。

每隔一段日子不听，我会很想它，直至重新找了它来听，一颗心，才安定下来。这很像一个人嗜上某种美味，一些日子不吃，就想得心慌。我以为，美味慰藉味蕾，好的音乐，则慰藉灵魂。

第一次听它，是在办公室，一女孩的手机铃声设的它。那日，我在办公室里，正给桌上的一盆蟹爪兰浇水，女孩的手机突然响起来，这首曲子，一下子冒冒失失地撞进我的耳里来。我当即愣住，持水杯的手，停在半空中。我仿佛闻到老家的气息：村庄、田野、烟雨朦胧。小家屋檐下，雨滴在唱歌。嘀嗒，嘀嗒，滑落在搁在檐下的一只瓮上，滑落在长在檐下的一丛大丽花上。邻家少年撑伞而过，布衣青衫，笑容浅淡。五月的槐花，将空气染得蜜甜蜜甜的。

是暗暗喜欢着的。大人们之间开过这样的玩笑，让你家的梅丫头做我家的媳妇吧。母亲笑答一声，好啊。我在一边听着，信以为真。再遇到少年，眼神刚刚碰触到，我便羞涩地跑开了。风吹着少年的头发和衣衫，他的样子真好看。少年后来去了南方，我也离开家乡。经年后，再想起，少年的模样，已不记得了，然风吹过的年少时光，却成了岁月里，最柔软的温暖。

问那个女孩，这是首什么曲子？

女孩告诉我，它有个好听的名字，叫《风居住的街道》。女孩说，初听时，想哭。结果，真的痛哭了一场。

理解她。谁的往昔里，没有一个风居住的街道？她亦有。当年，她与他坐前后桌，在一个教室读书。窗外的桐花，一树一树地开。他在一张小纸条上写，喜欢我吗？我很喜欢你！她回他一个笑脸，算作默认。扭头望向窗外，风从街道那边吹过来，青春年少，花影飘摇。

我记住了乐曲名，回家开了电脑搜索。我下载了它，一遍一遍听。钢琴和二胡，交相辉映。风到底吹过谁的街道？城南旧事，纷至沓来。

我想起一个老先生。老先生八十岁了，在他生日那天，他执意要去一个小镇看看。孩提时，他曾从家里坐船，越过宽阔的水域，到达那个小镇去上学。六七十年过去了，他越来越想念当年的街道，路上铺着碎砖，银杏树东边一棵，西边一棵。他有个同学，绰

号叫癞子，因为那个同学头上生很多癞疮。癞子跟他最要好，把母亲烙的玉米饼，偷拿出来，带给他吃。和他一起爬上银杏树，坐在树上，垂下双腿，在空中摇晃。

老先生如愿到达那个小镇。当年的小镇，已彻底变了模样。老先生寻不到他的学校，寻不到他的街道，寻不到他的银杏树。却一遍一遍告诉身边的人，这里，曾是一座山墙，我和癞子在上面画过画。这里，就是当年长银杏树的地方，我和癞子曾坐在上面学过鸟叫……往昔对他来说，隔得遥远，却从不曾走丢。

人的一生中，走不丢的，唯有青春年少。

我的中学时代

人都爱用"青衫年少，白衣飘飘"之类的句子，来描写中学时代，很纯美，远离世间烟火的样子。真实的情形，其实不是这样的。至少我的，不是这样的。

我的整个中学时代，都穿着土布的衣，脚着一双母亲纳的布鞋，肩背母亲用格子头巾缝制的书包，在离家三十多里的老街上念书。

那时，乡下孩子，极少有家庭富裕的。每个孩子，看上去都差不多，都是一枚不起眼的小土豆。我们这许多的小土豆扎堆在一起，相互取暖，一起成长。

书自然是整天读着的，整天挖空心思去念着想着的，还有吃。

是的，吃。

不知是不是因为正处在长身体的年纪，我们每天总处于半饥饿状态。每个月,家里会担了粮米送来,给学校食堂。早上是稀饭就咸菜,中午是白饭就咸菜,晚上还是稀饭就咸菜。这样清汤寡水地吃着,肚子里很欠油水。

那时的伙食费,委实不多,一个月八块钱。交全了的话,中午可以加一个小菜和一碗冬瓜汤喝。但很多孩子交不起。比如我。我们就自创一种汤,叫酱油汤。做法极简单,倒出一勺酱油,拿滚开水冲泡了。奢侈一点儿的,里面再滴两滴麻油,汤就成了。我读了几年中学,就喝了几年这样的汤。

下午的时光,总是漫长得厉害。两节课后,是做课间操时间,肚子饿得折磨人,操做得有气无力。偏偏食堂的师傅又来招惹,煎出香喷喷的葱油饼来,一只只,黄灿灿的,摊放在食堂窗口卖,上面撒满碧绿的葱花,整个校园都弥漫着那香。我们假装闻不到,把头埋到书堆里。可是,那香,从书上的每个字里跳出来。我们假装玩耍,大声说笑,笑着笑着,鼻子不由自主地总要深吸一口,再深吸一口。周遭的每一寸空气,都是香的呀。有时,我们实在敌不过那馋,几个要好的女生去合买一只,分着吃。

盼着周六学校放假,真是归心似箭。一路马不停蹄奔回去,疼我的祖母,总会想办法给我弄点好吃的,煎两个鸡蛋,煮一碗小鱼。年少的心里,觉得世上最幸福的事,莫过于那样的时刻,可以有煎鸡蛋吃,可以吃煮小鱼。

周日返校时,每个孩子或多或少,都会自带些干粮。我的祖母会给我炒上几斤蚕豆,塞上两罐咸菜。还有一种吃食,是把面粉炒熟了,用沸水泡着吃。现在的孩子恐怕见都没见过,我们苏北人家,叫它焦雪。关于它,还有一段传说。相传久远的从前,六月天里，苏北地区闹饥荒，饿殍遍地。天上的雪神看不下去了，想拯救人间，遂降下雪面粉。但又怕上帝看见六月降雪，会治她的罪，遂把面粉的色泽，染得跟黄土地的颜色差小多。老百姓见天上飘下"泥土"来，人人惊奇。反正观音土都有人吃，这天上的"土"，更不可错过。于是家家争接这天上之"土"，拿开水泡了，吃在嘴里，竟奇香无比。饥荒过后，为纪念雪神，苏北人家就有了每年六月六必吃炒焦雪的习俗。

学校宿舍老鼠多，一个个都能飞檐走壁，武艺高强。无论我们怎么藏着那些可怜的有限的干粮，它们都能轻易找到。即便我们把装了焦雪的布袋子挂到屋顶上，它们也有本事把布袋子咬出洞来，在里面大快朵颐。与它们几番较量后，我们甘拜下风，把吃食全转移到教室里去了。晚自修上到一半，就有孩子在位置上坐不住了，闻到桌肚子里的香呀。一等下课铃声响，教室里立即沸腾了，瓷缸瓷钵子的，响成一片。不多久，人人都捧一碗热腾腾的焦雪在吃，整个教室都被焦雪的香给淹没了。

男生们都特能吃，自带的干粮，往往没两天就见底了，他们就偷我们女生的。咸菜，炒蚕豆，焦雪，饼片，见什么偷什么。女生们都心知肚明着呢，也不戳穿他们，有时甚至有意不锁课桌肚，任他们偷食去。其结果是，所带的干粮，往往支撑不到周末。我们又要过几天饿肚子的日子。

也结伴去同学家打牙祭。有女生晚上要归家取东西，我们呼啦啦吆喝上五六个人去送她。乡下的夜晚，那么安静，我们的动作，却搞得那样大，齐刷刷站在女生家的院墙外，兴奋地说笑，等着她父母来开门。她母亲后来给我们做荷包蛋吃，一人三只。我们就那么心安理得地吃下去，不知一个穷家里，那么多鸡蛋，该积攒多少时日。

　　就这样，吃着吃着，我们也就长大了。吃着吃着，我们也就毕业了。

Chapter

3

幸福的事　那些值得

你在等着谁

朋友远去辽北乡下一所小学支教。两年后，她回来，跟我聊起那里的事，很是留恋。那里的天空，总是纯蓝纯蓝的，不见一丝杂质。校园里，辟着几大块蔬菜园子，长满胳膊粗的白萝卜。石头垒成的院墙上，终日里爬满牵牛花，开得率真而热烈。很入景。

入景的不止这些，还有那个孩子，朋友说。

起初，她根本没有留意过那个孩子。他不在她所教的班级。但她知道他，因为办公室的同事，常常拿他作笑谈。读小学三年级了，自己的名字还不会写，做作业全是画圈圈。一次课堂上，老师让用"里面"这个词造句，他造的句子竟然是，水里面有狐狸。惹得全班哄堂大笑。

事后大家遇到他，逗他，水里面有狐狸吗？他肯定地说，有，还有大灰狼。大家笑开了，一致认为，这孩子是弱智。

他的身世却让人叹惋，三岁那年，他母亲出车祸死了。父亲很快再婚，他有了后妈。后妈不待见他，把他一脚踹给年迈的祖父。祖父衰老体弱，无力照顾他，他成了草芥一棵。一帮少年顽劣，拿他当猴耍，放学的路上，让他趴在地上学狗叫。大冬天的，把冰疙瘩放在他脖子里，他也不恼，还一个劲地嘿嘿傻笑。

那是一个周末，朋友在校园里遇见他。他正趴在一堵院墙上，对着一朵牵牛花唱歌。歌声乱七八糟着，却单纯极了。太阳照着他，他小小的影子，很像一朵牵牛花。几个孩子，打打闹闹从他身边跑过去，雀儿似的，欢声喧喧。——这样的热闹，却与他无关。

朋友的心里，生起一丝怜悯。她的手，触到口袋里的几块硬糖，那是办公室的同事给的，她不喜欢吃糖，随手搁口袋里了。她掏出那几块糖，招手叫那孩子下来。孩子有些吃惊，瞪大眼睛先是不相信地看着她，在确信是叫他之后，他从院墙上下来，磨磨蹭蹭走到朋友跟前来，问，老师，你叫我做什么？朋友笑了，拉过他脏脏的小黑手，把那几块糖，放到他的手掌心。

孩子显然受了惊吓，张大嘴巴看看掌上的糖，再看看朋友，眸子里，慢慢地泛起清清的波。朋友说，给你的，你吃吧。孩子受宠若惊，他连糖纸也未剥就塞一块进嘴里，咽一口唾液，仰起脖子对朋友说，甜。朋友只当他好玩，拍拍他的头，笑笑走开了。

打这以后，这个小男孩，天天守在校门口等朋友。每次看到朋友，孩子总是很激动，跑到她跟前来，脆脆地叫一声，老师好。而后，飞快地跑开。朋友起初没介意，以为是碰巧遇到。那天，朋友因事来晚了，学校的课已上到一半，整个校园静悄悄的。那个孩子却站在校门口的风里面，踮着脚尖向外眺望。

冬天风冷，他的小脸蛋，被吹成一个褶皱的红苹果。朋友疑惑，远远问他，你怎么不去上课？守门的老人接话了，说，这孩子不听话，不让他站这里他偏要站，他说他在等人。孩子不理守门老人，径直走到朋友跟前，仰起小脸蛋，脆脆地叫道，老师好。还没等朋友反应过来，他已转身快乐地跑开。原来，他一直在等的人，竟是她。

　　朋友恍然大悟，眼睛慢慢湿润了，那孩子，在用这种方式，来报答她随手给出的几块糖的好呢。

春天，我在屋旁整出巴掌大一块地，然后撒下一些花的种子。这些种子，是我的一个远房伯母送我的。那日，我去看她，她家门前，姹紫嫣红得不像话了。虽说乡下的野草野花多，但像我伯母这样，专门辟了地，极隆重地栽花的，绝对少有。伯母慈祥地看着那些花笑，伯母说，我就是喜欢种些花呀朵的，从小就喜欢。我转脸看她，看到她的鹤发与欢颜。微蓝的天空下，伯母是一朵不老的花。

我撒在屋旁的花种子，很快也姹紫嫣红成一片。我在阳台晾衣裳，探头往楼下看，我的眼睛，被一朵一朵绚丽，染得五彩缤纷。看罢这朵看那朵，哪一朵，都是艳丽迷人的。单单红色，就有大红的、玫瑰红的、桃红的、粉红的、橘红的、胭脂红的。我和那人的生活里，便平添了一趣，每日必晃去那些花跟前，一一辨认它们的颜色，给它们取好听的名字。这是我种的花啊！它们原本不过是一粒粒细小的种子，却暗藏着盛开的热情和梦想。

我种的那些花，一直开到秋末。在很长一段日子里，每天每天，我与一簇一簇的花相会，我的心，很幸福。

初夏，我带父母去了一趟北京。这个想法由来已久，但我一直在等，等我有了足够多的钱，再去实现。然某天，我看到我的父亲，面对他最喜欢的电视剧，却打起了盹儿，口水流到衣领上而不自知。那一刻，我被岁月之剑，深深刺疼了。我的父母，已经老去，去日无多，这是事实。

我不能再等了。六月的一天，我放下手头工作，带上父母，一路向北。我那一辈子从未出过远门的母亲，一路走一路新奇着，像个不谙世事的孩子。乘飞机，坐火车，她都端坐，双眼紧紧盯着窗外，不肯闭上眼休息一点点。我们去了天安门广场，去了故宫，去了长城。母亲这儿摸摸，那儿看看，不时兴奋得掉眼泪，母亲说，这辈子来过北京，死了也值得了。

从北京回来，父母在村子里的地位，陡地升高。他们身边，常围着几个乡亲，听他们讲北京。有人问，坐飞机晕不晕啊？母亲骄傲地说，不晕，一点不晕。在北京拍的那些照片，成了父母最珍贵的收藏，他们常拿着它们，四处炫耀。

我很开心。我的父母，有这样的幸福支撑着，余生不寂寞。

我亦独自去了几个向往已久的地方：洛阳、武汉、杭州。

在洛阳，牡丹花开过了，但牡丹的气息，处处可闻。出租车司机伸手随便一指，自豪的神情，满身洋溢。他说，四月花开，我们这里的街道上，全是牡丹。我笑了，我喜欢这种自豪，对一个地方的热爱，是要以这样的自豪作底子的。

去武汉，我叩访了木兰山。在山上的天池里，我与一只野鸭相遇。周边的石头缝里，开满白色的小野花。后来的许多日子里，我常会想起那只野鸭，和那些小白花，无来由的。我只愿一切生命，都能安好在各自的天地里。

在杭州，我跑到山沟沟里，在一个叫汤坑的小村住下来。夜晚的汤坑，静得有些不真实，狗不叫，鸡不鸣，甚至，连一点点灯光也没有的。只有门前的溪水，在哗哗地流，像下了一夜的雨。我躺在水声里，觉得幸福。凡尘俗世里，我愿把三分之一的生命，拿出来，交给行走。

我继续努力读书、写作，每一个日子，都用心来过。当我的文字穿街过巷，抵达陌生人的案头时，我唯愿，它们也把温暖和幸福带去了。陌生人，我祝福你！

寒潮过后，天转晴，白花朵一样的阳光，布满天空。和他一起坐在阳台上晒太阳，看着阳光的影子，像长了脚的小兽，慢慢地越过墙头去。我把头埋在阳台上的被子里，我说，这免费的太阳啊。心里一刹那间涌满感动。

没什么，我们就这么过着吧，相亲，相爱，感动与幸福。一年一年的。

要相爱，
请在当下

多年前，我在我的一个高中女同学的毕业纪念册上，一笔一画写下这样的临别赠言：但愿人长久，千里勿相忘。想那时，七月当头，教室窗外，紫桐花落过，巴掌大的叶，布满树梢，阔而肥。阳光从树叶间，漏下点点滴滴，在教室的窗台上，晃晃悠悠。离别在即，青嫩的心里，定有离愁激荡，于是眼眸对着眼眸，认认真真地相约着，不相忘，不相忘。

多年后，她念初中的小女儿，成了我的热心读者。一天，那小姑娘偶翻她妈妈的毕业纪念册，看到我的名字和我手书的赠言，惊喜之下，发信息给我：梅子阿姨，你还记得有个叫倪素萍的人吗？

谁？这是我的第一反应。小姑娘随后发来我的临别赠言：但愿人长久，千里勿相忘。我极其陌生地看着，脑子里千遍过万遍筛，昔日的树影花影，全叠在一起，哪里分得清哪张脸与哪张脸？甚至，连姓名也难回忆起了。——当初的信誓旦旦，原是不算数的。

同样的年华，有过喜欢的男孩子，许诺过将来。将来，等我们大学毕业了，等我们工作了，一定要一起去海南看海。那时，有歌流行，歌中有两句唱词：请到天涯海角来，这里四季花常开。我们一边哼唱着，一边向往着。彼时的心里，最大的甜蜜与幸福，莫过于海边相守。

后来，我们真的毕业了，我们真的工作了，誓言却被丢进风里面。起初还偶尔想上一想，再然后，生活的千锤百炼，早把当初的誓言，锤打成另一副模样了。偶一次，我翻到当年的日记本，上面白纸黑字写着呢，刻骨铭心还在，却像看别人的故事了。笑一笑，轻轻合上，依然塞到抽屉的一角去，让它积尘。那个男孩子的面容，我早已记不起了。

想来，在青春的岁月里，我们曾许下过太多承诺，任它们星星一般的，在青春的天幕上跳跃，闪亮。一腔的热情，只管如花一样，拼命盛放。以为山高着，水长着，地老天荒，我们，永远是不变的那一个。哪里知道，花有期，人会老。

也曾心心念念着要去一些地方：平遥，西藏，青海，新疆……每一处，都镶着金光。家里那人答应我，等将来，等我们赚了足够多的钱，我们就背起背包出发，一个月跑一个地方。以前我会为这样的承诺兴奋不已，现在，我不了。人生充满太多的不定数，那个遥远的将来，我能等到吗？退一步吧，纵使我等到了，只怕到那时，老胳膊老腿的，我也早已爬不动山，涉不了河了。

可爱的闺密在云南。秋日的一个午后，她路过一家慢递吧，古朴的墙，古朴的门楣，古朴的桌椅，一下子吸引了她。她趴在雕着花的藤桌上，提笔给我写了一封信，边写边乐。投递日期：十五年后。我好奇地问，你在上面写了些什么呢？她神秘一笑，说，到时你就知道了。

天，我得等十五年！十五年？多长啊。花开，花谢，一季，又一季。到那时，于薄凉的秋风里，突然收到一封来自十五年前的信，我不知道，我该用什么心态去承受。欢喜抑或是有的，只是，更多的感觉，应该像做梦。过去再多再好的岁月，也与我无关了。

是的，要相爱，请在当下。当下，你看得见我，我看得见你。你的好，我全部知道，并且，我会沐浴着它的恩泽，愉快地度过这眼下时光。

那些疼我的人

　　三月天，蜜蜂从土墙的洞里钻出来，嗡嗡闹着。柳树绿了，桃花开了，油菜花更是开得惊心动魄，铺一望无际的黄。20世纪70年代的乡下，这个时候，正是青黄不接，有什么可吃的呢？没有的。

　　我去爬屋后的小木桥。小木桥搭在小河上方，桥下终年河水潺潺。湍急的水流，在幼小的我的眼里，很可怕，我害怕从桥缝里掉下去。那样的害怕，最终会被一种向往所抵消。爬过木桥，就可以到达几里外的外婆家，外婆会给我一个煮鸡蛋，或是一捧炒蚕豆。这是极香的诱惑。

　　我很幸运，每次都能安全地爬过木桥去。矮矮的外婆见到我，眼睛笑眯成一条缝。她手里正补着衣，或是纳着鞋底，她会立即放下手里的活，去灶边生火。一瓢清水倒进锅里，腾起一股热浪来，我知道，我可以有煮鸡蛋吃了。一脸威严的外公埋怨她："那是换盐的鸡蛋啊,家里快没盐了。"外婆挡着,说:"小点声,别吓着孩子。"他们在屋里嘈嘈切切地吵。我不管那些的,有外婆护着,有香香的煮鸡蛋可吃,便觉得自己是世上最幸福的孩子。现在想来,那时我真是不懂事,不知吃掉外婆家多少的盐,害得外婆一到饭时,便受到外公的责备。

记忆里,也总是体弱,常生病。一病就是半个月。这时有两个女人围着我转,一个是祖母,一个是母亲。光线微弱的茅草房里,祖母的影,隐在半明半暗中,身上有种奇异的温暖。我躺在床上看她,她端一只水碗,放在门后,手里握几根筷子,蹲下身去,嘴里念叨着什么,一边叫着我的名字。"你们不要摸我家的梅呀,让她快快好起来,我给你们烧纸钱。"筷子终于在水碗里站立起来,祖母便长吁一口气,她的祷告灵验了。迷信的祖母,用她自认为可以为我消灾免难的站水碗的方法,一次次为我祷告。祷告完了,她的手,会抚过我的脸,沙子吹过的感觉。岁月锻造得她手的肌肤,很糙,却暖极了。她问我:"乖乖,你的病就快好了,想吃什么?奶奶给你做。"那时摊一块摊饼,是最难得的美味,我每次都会提这个要求。祖母每次都会满足我,家里没摊饼的白面,她就去问邻居借。摊饼上好闻的葱花味,香了整幢房。以至于我觉得,生病不是苦,倒是一件十分幸福的事。

我有过大难不死的几次。母亲说:"有一次出天花,全村八十三个孩子都出天花了,你是最严重的一个。高烧昏迷,不知人事,医生说,没治了,让准备后事。我抱着你,七天七夜没合眼。你呀……"母亲没有继续这个"你呀",她笑着说起另外的事,关心着我现在是不是还常常熬夜。"不要熬夜呀,人吃不消的。你要好好的呀。"母亲这样说。我却在她那一句未完的"你呀"后面浮想联翩，想我是这么一个难缠难养的孩子，母亲的心，不知碎过多少回。大雪的天，我又突然生病，母亲顶着风雪去找医生，医生来，说："不行，得赶紧送街上的医院去。"街离村子，有几十里路，父亲又不在家，风大雪大的，母亲却决定一人，用拖车拖我去医院。母亲就真的上路了，把我用被子里三层外三层地裹好。一路上，母亲跌过不知多少跟头，我却安然无恙。到达医院，医生看着雪人一样的母亲，感动了，立即给我检查，是急性肺炎，晚一会儿，就难治了。我的病好了，母亲的额上，却留着指长的一块疤，像一条卧着的小蚕。我抚母亲的那块疤，问母亲后不后悔生了我。母亲嗔怪地打掉我的手，说一句："你呀。"

父亲也会跟我说："你呀。"是说我成长中种种的让人不省心。求学时，转过不少学校，听说哪里教学条件好，就闹着要去哪里。父亲为此跟在后面跑断腿。风高月黑，还骑着辆破自行车，到处奔波，托人帮我找关系。到达青春时节，爱情成了一件磨人的事，疼痛的心，无处可依。月夜独坐外头，父亲跟出来，坐我身边，跟我讲我小时候的趣事，他在一边呵呵笑，说："你小时候，真是一个可爱的丫头，这样的丫头，怎么会没人疼呢？相信，会找到一个疼你的人的。"心竟在那一刻平静。我也笑，觉得即使天塌下来，也还有高个子的父亲帮我顶着，我怕什么呢？我没有什么怕的了。

婚姻中，遇到那人，不是貌似潘安，才似柳永，却会在我生病的时候，守在我身边，给我削梨子。会在我磕疼的时候，给我揉淤血的膝盖，一边责怪："怎么这么不小心？"会买我爱吃的鸡蛋卷回来，还有我喜欢的花花草草。摆一阳台，还是不满足，我说我还要。他答应一声："好。"有时会明知故问："你宝贝我吗？"他说："我不宝贝你，还能宝贝谁呢？"时光刹那停住，天荒地老。

现在，我在织一件毛衣。要冬了，儿子的毛衣嫌短了。我挑橘黄的颜色，选一种小熊猫的图案，这样织出来，一定漂亮非常。想儿子穿上，会极帅气的。儿子在一边看着，问："妈妈，是给我织的吗？"我答："不给你织，给谁织呢？""那么，妈妈，你是宝贝我的吗？"我答："我不宝贝你，还能宝贝谁呢？"思绪就在那一刻拐了弯，我生命中那些疼我的人，一一浮现出来。我痴痴地想，上帝送他们来，就是为了来疼我的。就像我疼我的儿子一样。世间的美好，原是这样的爱写成的。

如今，我的外婆和祖母，都已先后去世了。很安慰的是，她们走时，我在她们身边。她们看着我，最后疼爱的光亮，像淡淡的紫薇花瓣落下，落在我的脸上，留在这个世上。

品味时尚

是在突然间起了念头，要来个农家游的。

那日，闲来翻报，看到休闲时尚一栏，大幅的照片上，村庄田畴铺陈，阳光融融，人们笑脸灿烂。旁有文字介绍，说上海市民现在最时尚的生活，是去乡下吃农家饭、品农家菜、看农家景。

失笑不已，这样的时尚，我在一二十年前可是天天品味着的。

得了启示，休息日里，电话召集同样在外工作的弟弟，我说我们这次一起来个农家游可好？

两家人马，浩荡成一支团队，直往乡下——我们的老家扑去。慌张了我们的父母，他们站在屋前，手足无措地望着我们笑，问，乖乖啊，今天又不过年也不过节的，咋都回来了呢？

一笑，回他们，想你们了呗。话说完，脸暗自红，若不是受这时尚的农家游的启发，生活在城里的我们，平常日子里，哪里会想到父母?

父母冷清的小屋,因我们的到来而热闹。家里养的小黄狗也来凑热闹,老熟人似的,绕了我们的脚跟嗅。一只小羊跑来,站在门口,朝着我们好奇地张望。琥珀色的眼睛里,有着孩童般的温柔和天真。母亲介绍它像介绍她另外的孩子,母亲说,这是家里刚生的小羊,这小家伙聪明得跟人似的,我和你爸从田里回来,它都老远跑过去接。前些天,它吃了下过露水的草,泻肚子了,再给它湿草,它怎么也不肯吃了。

我们都以为奇,围着小羊拍照。暗喜不已,这样的"明星人物",到哪里找?六岁的小侄子,更是抱着它,当了活玩具,喜欢得不肯松手了。

提了篮子,去地里摘菜蔬。初夏的天,地里的植物们,葱茏得不能再葱茏。瓜果多的是,香瓜梨瓜木瓜,比赛着结——随便摘吧。蔬菜多的是,韭菜一垄一垄地绿着。还有小青菜,嫩得掐得出水来。黄豆荚也饱满得刚刚好,用韭菜炒嫩黄豆吃,既鲜嫩又清新。

邻居们隔屋相望,远远招呼,我家有紫茄子要不要?

要,当然要。提了篮子就过去了,摘了小半篮子。邻人还嫌不够,频相劝,再多摘点呀,我家里多着呢。

心里满溢的都是好。乡下人家就是实诚,在他们,给予是福,而你的接受,对他们来说,更是福。因为你的接受,意味着没拿他们当外人。心与心,原是这样靠近的。

很快,正宗的土灶上,烧出正宗的土菜,父亲还斩了一只草鸡。一桌子的好吃好喝。我们埋头大吃,直吃得打饱嗝。父母却吃得少,一直在一旁笑眯眯地看着我们,不时地叹一声,真好。

真好什么呢？在他们，子女能常回家看看，就是最大的满足。我突然想，假如，与亲情相约也能成为一种时尚，将有多少父母笑开颜啊。而我们，也因这样的时尚，可以时常与记忆里的自己重逢，去童年待过的地方走一走，去问候一下从前的蓝天和白云。人生会因此，更为丰满。

金婚

好多天前，他就兴致勃勃地和她谋划着，怎么度过属于他们的金婚。"我们要好好庆祝庆祝。"他建议。她点头同意。婚姻五十年，多不容易。

她不懂什么金婚不金婚。他说到金，她来了精神，她说："你还没买过金的东西给我呢。"他豪爽地应："买，买，到那天，我一定买。"她便小女孩般地撒娇："那我要金戒指。我还要金手镯。我还要金耳环。"这些，是她企盼了一辈子的，村里的女人都有，就她没有。他统统答应："好。"她便笑了，脸上的皱纹，花瓣一样盛开着。

日子其实一直紧紧乎乎结结巴巴。他的家底薄，兄妹多，爹娘又过世得早，都是他这个长兄带大兄妹的。长嫂如母，她跟着他，真是一天好日子都没享过。

"好在我们的儿女争气。"他说。这是她的开心果，他一说到这个，她脸上的笑，就藏也藏不住地满溢出来。四个儿女，个个出息，她吃再多的苦，也甘之如饴。

"你是我们家的功臣啊。"他握着她青筋盘结的手，由衷地说。岁月的风，早已吸干她曾经的水灵饱满，她像块干涸的河床，裸露出苍白的筋骨。他看着她，有些哽咽。这么些年，要不是她的吃苦耐劳，勤劳坚韧，他们这个穷家，哪里撑得下来。他更感激她的是，她虽大字不识一个，却深明大义，硬是把子女一个一个培养成了大学生。

"你看，这一晃的一下，你都七十三了。"他怜惜地拂去沾在她头发上的草屑。如果真有来世，下辈子他真想再娶到她。——他为自己的孩子气，笑了。

她打掉他的手，恼道："哪有七十三，才七十二好不好。"离过年尚有好几天，她离七十三便还远着。他赶紧称："是是是，才七十二的，咱不老。"

金婚的日子终于到了，他们这天没去地里干活，而是并排坐到屋檐下，商量着怎么庆祝。他们养的小黑狗很黏他们，绕着他们的脚跟转。他伸手驱赶："去去去，别在这儿添乱。"她拦住："来，五小，别听他的。"小黑狗高兴地跳起来舔她的手。她说："坐下。"小黑狗便听话地坐下了，仰着头，孩子一样地看着她。她摸摸小黑狗的头，叹道："还是五小好啊。"小黑狗是顺着儿女们排的，排行老五，叫五小，她给取的名。孩子们大了，一个一个鸟一样地飞了，一年里难得见上几回面。她想他们。

"要不，让孩子们都回来，一家子热热闹闹的。"他说。

她想了想，拒绝："孩子们都忙，不要麻烦他们。"神情里，却是恋恋的，若是孩子们都能回来，那该多好啊。

　　他看出她的心思，当即拨通大女儿的电话。大女儿在镇上上班，离家最近。电话接通了，还没等他说话，大女儿就在电话里叫起苦来："爸，我这几天忙死了，轮到我上夜班，天天捞不到觉睡。"他把要到嘴边的话硬生生咽了回去，忙说："那你忙吧。"

　　他又拨通大儿子的电话。大儿子离得最远，在北方一所大学里教书。不过现在交通发达，坐火车回家，也就两三个小时。这回他先说话了，他问大儿子："能不能回家一趟。"大儿子不解地说："爸，没几天就过年了，到时我一定回家的。"他坚持："要回你现在就回吧。"大儿子笑了："爸，你怎么跟个孩子似的，我现在哪里走得开，这几天都有会议要参加的。"他听着，默默扣了电话。

　　现在剩下二女儿和小儿子了。二女儿是记者，整天奔东走西，没个闲时，电话根本不用打。小儿子在县城，工作倒是轻松。他一个电话打过去，这回，他直奔主题，说："今天是我和你妈的金婚纪念日，你能不能回家？"

　　小儿子开始没回过神来，等明白过来，小儿子在电话那头哈哈乐了："爸，你这浪漫的，还金婚呢！我今天没空回去，要送小子去学英语的，你和妈就自己做点好吃的吧。"

　　小儿子嘴里的小子，是他们的小孙子虎子，小家伙念小学四年级了，聪明伶俐，成绩好得很。小儿子一提到小孙子，他和她赶紧说："孩子的学习要紧。"

　　搁下电话，他看看她，她看看他，四周寂静寥落。他说："还

是我带你出去逛逛吧。"他们一起坐公交车去县城，在路边的小吃食店里，他们各要了一碗肉酱面，庆祝金婚。吃完，他领她去逛商场。在金首饰柜台前，她痴痴看了半天，从金戒指看到金镯子。他豁出去了，掏钱准备给她买一只。她不肯，一只要好几千的，那是给孙儿们准备的压岁钱呢。

　　她后来在地摊上看到一款玛瑙戒指，才五块钱。他给她买下，戴上。她晃晃手指，他和她的脸，就在戒指里晃，模糊着，温暖着。

咫尺天涯，
木偶不说话

"她"叫红衣。

"他"叫蓝衣。

他们从"出生"起，就同进同出，同卧同眠。简陋的舞台上，"她"披大红斗篷，葱白水袖里，一双小手轻轻弹拨着琴弦。阁楼上锁愁思，千娇百媚的小姐，想化作一只鸟飞。"他"呢，一袭蓝衫，手里一把折扇，轻摇慢捻，玉树临风，是赴京赶考的书生。湖畔相遇，花园私会，缘定终身。秋水长天，却不得不离别。"她"盼"他"归，等瘦了月亮。"他"金榜题名，锦衣华服回来娶"她"，有情人终成眷属。观众们长舒一口气。剧终。"她"与"他"，携手来谢幕，鞠一个躬，再鞠一个躬。舞台下掌声与笑声，同时响起来，哗啦啦，哗啦啦。

那时，"她"与"他"，每天都要演出两三场，在县剧场。

木椅子坐上去咯吱吱，头顶上的灯光昏黄黯淡。绛红的金丝绒的幕布徐徐拉开，舞台上亮堂堂的。戏就要开场了。小小县城，娱乐活动也就这么一点儿，大家都爱看木偶戏。工厂包场，学校包场，单位包场。乡下人进城来，也都来赶趟热闹。剧场门口卖廉价的橘子水，还有爆米花。有时也有红红绿绿的气球卖。进场的孩子，一人手里拿一只，高兴得不得了。

幕后，是她与他。一个剧团待着，他们配合默契，天衣无缝。她负责红衣，她是"她"的血液。他负责蓝衣，他是"他"的灵魂。全凭着他们一双灵巧的手，牵拉弹转，演绎人间万般情爱，千转万回。一场演出下来，他们的手臂酸得发麻，心却欢喜得开着花。木盒子里，她先放进红衣，他把蓝衣跟着放进去，让"他们"并排躺着。他在"他们"脸上轻抚一下，再轻抚一下。她在一边看着笑，他抬头，回她一个笑，默契得无须多说一句话。

彼时，年华正好。她人长得靓丽，歌唱得不俗，在剧团被称作金嗓子。他亦才华横溢，胡琴拉得出色，木偶戏的背景音乐，都是他创作的。让人遗憾的是，他生来是哑巴。他丰富的语言，都给了胡琴，给了他的手。他的手，白皙修长，注定是拉胡琴和演木偶戏的。她的目光，常停留在他那双手上，在心里面暗暗叹，好美的一双手啊。

在一起演出久了，不知不觉情愫暗生。他每天提前上班，给她泡好菊花茶，等着她。小朵的杭白菊，浮在水面上，浅香绵远，是她喜欢的。她端起喝，水温刚刚好。她常不吃早饭就来上班，他给她准备好包子，有时会换成烧饼。与剧场隔了两条街道，有一家周二烧饼店，做的烧饼很好吃。他早早去排队，买了，里面用一张牛皮纸包了，牛皮纸外面，再包上毛巾。她吃到时，烧饼还是热乎乎的，像刚出炉的样子。

她给他做布鞋。从未动过针线的人，硬是在短短的一周内，给他纳出一双千层底的布鞋来。布鞋做成了，她的手指，也变得伤痕密布——都是针戳的。

这样的爱，却不被俗世所容，流言蜚语能淹死人，都说好好一个女孩子，怎么爱上一个哑巴呢，两人之间的关系肯定不正常。她的家里，反对得尤为激烈。母亲甚至以死来要挟她。最终，她妥协了，被迫匆匆嫁给一个烧锅炉的工人。

日子却不幸福。锅炉工人高马大，脾气暴躁。贪酒杯，酒一喝多了就打她。她不反抗，默默忍受着。上班前，她对着一面铜镜理一理散了的发，把脸上青肿的地方，拿胶布贴了。出门有人问及，她淡淡一笑，说，不小心磕破皮了。贴的次数多了，大家都隐约知道内情，再看她，眼神里充满同情。她笑笑，装作不知。台上红衣对着蓝衣唱：相公啊，我等你，山无棱，江水为竭。冬雷震震，夏雨雪，天地合，乃敢与君绝。她的眼眶里，慢慢溢出泪，牵拉的手，上上下下，左左右右。心在那一条条细线上，滑翔宕荡，疼得慌。

他见不得她脸上贴着胶布。每看到，浑身的肌肉会痉挛。他烦躁不安地在后台转啊转，指指自己的脸，再指指她的脸，意思是问，疼吗？她笑着摇摇头。等到舞台布置好了，回头却不见了他的人影。去寻，却发现他在剧场后的小院子里，正对着院中的一棵树擂拳头，边擂边哭。她站在两米外，心里的琴弦，被弹拨得咚咚咚。耳畔响起红衣的那句台词：冬雷震震，夏雨雪，天地合，乃敢与君绝。

白日光照得着两个人。风不吹，云不走，天地绵亘。

不是没有女孩喜欢他。有个圆脸女孩，一笑，嘴两边现出两个浅浅的酒窝。那女孩常来看戏，看完不走，跑后台来看他们收拾道具。她很中意那个女孩，认为很配他。有意撮合，女孩早就愿意，说喜欢听他拉胡琴。他却不愿意。她急，问，这么好的女孩你不要，你要什么样的？他看着她，定定地。她脸红了，低头，佯装没懂，嘴里说，我再不管你的事了。

以为白日光永远照着，只要幕布拉开，红衣与蓝衣，就永远在台上，演绎着他们的爱情。然而某天，剧场却冷清了，无人再来看木偶戏。出门，城中高楼，一日多于一日。灯红酒绿的繁华，早已把曾经的"才子"与"佳人"淹没了。剧场经营不下去了，先是把朝街的门面租出去，卖杂货卖时装。他们进剧场，要从后门走。偶尔有一两所小学校，来包木偶戏给孩子们看。孩子们看得索然无趣，他们更愿意看动画片。

剧场就这样，冷清了。后来，剧场转承给他人。剧团也维持不下去了，解散了。解散那天，他执意要演最后一场木偶戏。那是唯一一场没有观众的演出，他与她，却演得非常投入，牵拉弹转，分毫不差。台上红衣唱：冬雷震震，夏雨雪，天地合，乃敢与君绝。她和他的泪，终于滚滚而下。此一别，便是天涯。

她回了家。彼时，她的男人也失了业，整日窝在十来平方米的老式平房里，喝酒浇愁。不得已，她走上街头，在街上摆起小摊，做蒸饺卖。曾经的金嗓子，再也不唱歌了，只高声叫卖，蒸饺蒸饺，五毛钱一只！

他背着他的胡琴，带着红衣蓝衣，做了流浪艺人。偶尔他回来，在街对面望她。阳光打在她的蒸饺摊子上，她在风中凌乱了发。他怅怅望着，中间隔着一条街道。咫尺天涯。

改天，他把挣来的钱，全部交给熟人，托他们每天去买她的蒸饺。他舍不得她整天站在街头，风吹日晒的。就有一些日子，她的生意，特别的顺，总能早早收摊回家。——他能帮她的，也只有这么多。

入冬了。这一年的冬天，雪一场接一场地下，冷。她抗不住冷，晚上，在室内生了炭炉子取暖。男人照例地喝闷酒，喝完躺倒就睡。她拥在被窝里织毛线，是外贸加工的。冬天，她靠这个来养家糊口。不一会儿，她也昏昏沉沉睡去了。

早起的邻居来敲门，她在床上昏迷已多时。送医院，男人没抢救过来，死了。她比男人好一些，心跳一直在。经过两天两夜的抢救，她活过来了。人却痴呆了，形同植物人。

起初，还有些亲朋来看看她，在她床前，叫着她的名字。她呆呆地看着某处，脸上没有表情，不悲不喜——她不认识任何人了。大家看着她，唏嘘一回，各自散去，照旧过各自的日子。

没有人肯接纳她，都当她是累赘。她只好回到八十多岁的老母亲那里。老母亲哪里能照顾得了她？整日里，对着她垂泪。

他突然来了，风尘仆仆。不过五十岁出头，脸上身上，早已爬满岁月的沧桑。他对她的老母亲"说"，把她交给我吧，我会照顾好她的。

她的哥哥们得知，求之不得，让他快快把她带走。他走上前，帮她梳理好蓬乱的头发，给她换上他给她买的新衣裳，温柔地对她"说"，我们回家吧。三十年的等待，他终于可以在光天化日之下，牵起她的手。

他再没离开过她。他给她拉胡琴，都是她曾经喜欢听的曲子。小木桌上，他给她演木偶戏，他的手，已不复当年灵活，但牵拉弹转中，还是当年好时光：

悠扬的胡琴声响起，厚重的丝绒幕布缓缓掀开，红衣披着大红斗篷，蓝衣一袭蓝衫，湖畔相遇，花园私会，眉眼盈盈。锦瑟年华，一段情缘，唱尽前世今生。

心上有蜻蜓
翩跹

初冬的天，雨总是突然地落，绵绵无止境。

她在教室里望外面的天，漫天漫地的雨，远远近近地覆在眼里、覆在心上。那条通向学校的小土路，一定又是泥泞不堪了吧？她在想，放学时怎么回家。

教室门口，陆陆续续聚集了一些人，是她同学的父亲或母亲，他们擎着笨笨的油纸伞，候在教室外，探头探脑着，一边闲闲地说着话，等着接他们的孩子回家。教室里的一颗颗心，早就坐不住了，扑着翅要飞出去。老师这时大抵是宽容的，说一声，散学吧。孩子们便提前下了课。

她总是磨蹭到最后一个走。她是做过这样的梦的，梦见父亲也来接她，穿着挺括的中山装(那是他出客时穿的衣裳)，擎着油纸伞，在这样的下雨天。他高大的身影出现在教室窗前，灰蒙蒙的天空也会变亮。穷孩子有什么可显摆的呢？除了爱。她希望被父亲宠着爱着，希望能伏在父亲宽宽的背上，走过那条泥泞小路，走过全班同学羡慕的眼。

然而，没有，父亲从未出现在她的窗前。那个时候，父亲与母亲的关系有些僵，常年不在家。父亲去了很远很远的工程队，和一帮民工一起挑河。

她脱下布鞋，孤零零的一个人，赤着脚冒雨回家。脚底的冰凉，在经年之后回忆起来，依然钻心入骨。

父亲不得志，在他年少的时候。

算得上英俊少年郎，在学校，成绩好得全校闻名。又，吹拉弹唱，无所不会。以为定有好前程，却因家庭成分不好，所有的憧憬，都落了空。父亲被迫返回乡下，在他十六岁那年。

有过相爱的女子，那女子在方格子纸上，用铅笔一字一字写下：我喜欢你。好多年后，发黄的笔记本里，夹着这张发黄的纸片。那是父亲的笔记本。

父亲对此，缄口不提。

与母亲的婚姻，是典型的父母包办。那时，父亲已二十三岁，在当时的农村，这个年龄，已很尴尬。家穷，又加上成分不好，女孩子们总是望而却步，所以父亲一直单身着。

长相平平的母亲，愿意嫁给父亲。愿意嫁的理由只有一个，父亲识字。没念过书的母亲，对识字的人，是敬畏且崇拜着的。祖父祖母自是欢天喜地，他们倾其所有，下了聘礼，不顾父亲的反抗，强行地让父亲娶了母亲。

婚后不久，母亲有了她。而父亲亦开始了他的漂泊生涯，有家不归。

雪落得最密的那年冬天，她生一场大病。

父亲跟了一帮人去南方，做生意。他们滞留在无锡，等那边的信到，信一到，人就走远了。

雪，整日整夜地下，白了田野，白了树木，白了房屋。她躺在床上，浑身滚烫，人烧得迷糊，一个劲地叫，爸爸，爸爸。

母亲求人捎了口信去，说她病得很重，让父亲快回家。

父亲没有回。

母亲吓得抱着她痛哭，一边骂，死人哪，你怎么还不回来，孩子想你啊。印象里，母亲是个沉默温良的人，很少如此失态。

离家三十里外的集镇上，才有医院。当再没有人可等可盼时，瘦弱的母亲背起她，在雪地里艰难跋涉。大雪封路，路上几无行人。母亲深一脚浅一脚地走，一边带着哭腔不时回头叫她，小蕊，小蕊，你千万不要吓唬妈妈啊。

漫天的大雪，把母亲和她，塑成一大一小两个雪人。泪落，雪融。莹莹的一行溪流。她竭尽全力地答应着母亲，妈妈，小蕊在呢。她小小的心里，充满末世的悲凉。

医院里，点着酒精灯暖手的医生，看到她们母女两个雪人，大惊失色。他们给她检查一通后，说她患的是急性肺炎，若再晚一天，可能就没治了。

她退烧后，父亲才回来。母亲不给他开门。父亲叩着纸窗，轻轻叫她的名字，小蕊，小蕊。

父亲的声音里，有她渴盼的温暖，一声一声，像翩跹的蜻蜓，落在她的心上。是的，她总是想到蜻蜓，那个夏日黄昏，她三岁，或四岁。父亲在家，抱她坐到田埂上，拨弄着她的头发，笑望着她叫，小蕊，小蕊。蜻蜓在低空中飞着，绿翅膀绿眼睛，那么多的蜻蜓啊。父亲给她捉一只，放她小手心里，她很快乐。夕照的金粉，铺得漫山遍野……

父亲仍在轻轻叫她，小蕊，小蕊。父亲的手，轻叩着纸窗，她能想象出父亲修长手指下的温度。母亲望着窗户流泪，她看看母亲，再看看窗户，到底忍住了，没有回应父亲。

父亲在窗外，停留了很久很久。当父亲的脚步声，迟缓而滞重地离开时，她开门出去，发现窗口，放着两只橘，通体黄灿灿的。

她读初中时，父亲结束了他的漂泊生涯，回了家。

从小的疏远，让她对父亲，一直亲近不起来。她不肯叫他爸，即使要说话，也是隔着几米远的距离，喊他一声"哎"。"哎，吃饭了。""哎，老师让签字。"她这样叫。

也一直替母亲委屈着，这么多年，母亲一人支撑着一个家，任劳任怨，却没得到他半点疼爱。

母亲却是心满意足的。她与父亲，几无言语对话，却渐渐有了默契。一个做饭，一个必烧火。一个挑水，一个必浇园。是祥和的男耕女织图。

母亲在她面前替父亲说好话。母亲说起那年那场大雪，父亲原是准备坐轮船去上海的，却得到她患病的口信，他连夜往家赶。路上，用他最钟爱的口琴，换了两只橘带给她。大雪漫天，没有可搭乘的车辆，他就一路跑着。过了江，好不容易拦下一辆装煤的卡车，求了人家司机，才得允他坐到车后的煤炭上……

你爸是爱你的呀，母亲这样总结。

可她心里却一直有个结，为什么那么多年，他不归家？这个结，让她面对父亲时，充满莫名的怨恨。

父亲试图化解这怨恨，他吹笛子给她听，跟她讲他上学时的趣事儿。有事没事，他也爱搬张小凳子，坐她旁边，看她做作业，她写多久，他就看多久，还不时地夸，小蕊，你写的字真不错。他的呼吸，热热地环过她的颈。她拒绝这样的亲昵，或者不是拒绝，而是不习惯。一次，她在做作业，额前的一绺发，掉下来遮住眉。父亲很自然地伸手替她捋。当父亲的手指，碰到她的额时，父亲手指的清凉，便像小虫子似的，在她的心尖上游。她本能地挥手挡开，惊叫一声，你做什么！

父亲的手，吓得缩回去。他愣愣地看着她，脸上的表情，渐渐变得很沉很沉，像望不到头的星空。

从此，他们不再有亲昵。

父亲很客气地叫她秦晨蕊，隔着几米远的距离。

她青春恋爱时，一向温良的母亲，却反对得很厉害。因为她恋爱的对象，是个军人，千里迢遥，他们让相思，穿透无数的水。

母亲却不能接受这样的爱。母亲对她说，你是要妈妈，还是要那个人，你只能选一个。

她要目前，也要那个人。那些日子，她和母亲，都是在煎熬中度过，她们瘦得很厉害。

从不下厨的父亲，下了厨，变着法子给他们母女做好吃的，劝这个吃，劝那个吃。

月夜如洗，父亲在月下问她，秦晨蕊，你真的喜欢那个人？

她答，是。

父亲沉默良久，轻轻叹口气，说，真的喜欢一个人，就要好好地待他。复又替母亲说话，你妈也是好意，怕你将来结婚了，两地分居，过日子受苦。

她没有回话。她终于明白了母亲，那些年母亲一个人带着她，是如何把痛苦，深埋于心，不与外人说。

不知那晚父亲对母亲说了什么，母亲的态度变了，她最终，嫁了她喜欢的人。但她与父亲的关系，并没有因此而亲近。她还是隔着几米远的距离叫他"哎"，他亦是隔着几米远的距离，叫她秦晨蕊。

母亲中风，很突然的。

具体的情形，被父亲讲述得充满乐趣，父亲对她说，你妈在烧火做饭时，就赖在凳子上不起来了。事实是，母亲那一坐，从此再没站起来。

母亲的脾气变得空前烦躁，母亲扔了手边能扔的东西后，号啕大哭。父亲捡了被母亲扔掉的东西，重又递到母亲手边，他轻柔地唤着母亲的名字，素芬。

来，咱们再来扔，咱们手劲儿大着呢，父亲说。他像哄小孩子似的，渐渐哄得母亲安静下来。他给母亲讲故事，给母亲吹口琴。买了轮椅，推着母亲出门散步。一日一日有他相伴，母亲渐渐接受了半身不遂的事实，变得开朗。

她去看母亲。父亲正在锅上煨一锅汤，他轻轻对她"嘘"了声，说，你妈刚刚睡着了。他们轻手轻脚地绕过房间，到屋外。父亲领她去看他的菜园子，看他种的瓜果蔬菜，其时，丝瓜花黄瓜花开得灿烂，梨树上的梨子也挂果了。青皮的香瓜，一个挨一个地结在藤上……

秦晨蕊，你不要担心没有新鲜的瓜果蔬菜吃，你妈不能种了，我还能种，我会给你种着，等你回家吃。隔着几米远的距离，父亲望着一园子的瓜果蔬菜对她说。

你也不要担心你妈，有我呢，我会好好照顾她的。

初夏的风，吹得温柔。那些雨天的记忆，雪天的记忆，在岁月底处，如云雾中的山峰，隐约着，波浪起伏着。她想，那些年的父亲，心里的疼痛，是无人知悉的吧？日子更替，花开花谢，无论曾经是爱还是不爱，如今，他和母亲，已成了相濡以沫的两个。他也早已不复当年的俊朗，身上镀上另一层慈祥的光芒，让人看着柔软。

她在父亲身后轻轻唤了声，爸。父亲惊诧地回头，看着她，眼里渐渐漫上水雾。她迎着那水雾，说，爸，叫我小蕊吧。

多年前的黄昏重现眼前：父亲抱她坐在膝上，拨弄着她的头发，唤她，小蕊，小蕊。她的心上，有蜻蜓舞翩跹。夕照的金粉，铺得漫山遍野……

桃花时光

陡然间见到桃花开，我想起多年前的龙冈。

龙冈是盐都下属的一个小镇，有上千亩桃园。春天的暖阳一照，上万株的桃花，齐齐鼓着小嘴儿，怒放了。那景象，端的是一个瑶池仙境落凡尘。我对那人说："我要去龙冈看桃花。"他奇怪："我们这里也有桃花可看啊。"我说："不一样的。"我没告诉他理由，不只因为那里有成片的桃花可看，还因为，我的青春曾在那里停留。

那年，一宿舍十个女生，架不住外面的春光招摇，不知经谁撺掇，相约着去龙冈看桃花。于是乎，呼啦啦都拥了去。也不识路，一辆公交车领着我们，一路哐唧哐唧出了城。都是素面朝天着一张脸，却愣是让周围人的眼光，聚焦到我们身上，艳羡地看着我们。那是青春自有的光彩，远着胭脂水粉，天然去雕饰。

有人到底忍不住了，问："孩子们，你们这是去哪啊？"我们齐齐答："去龙冈看桃花呢。"言语之下，是说不出的优越。那个时候，能那么无所事事规模浩大地去看桃花的，怕只有我们了。人们就宽容地笑，说："龙冈的桃园多，够你们看的。"

果真多。我们人还未到近前，铺天盖地的红，已不由分说扑过来。我们跳进去，人迅捷被花树掩埋。桃园到底有多大？我们踮起脚尖，也没有看到它的边。到处是红粉乱溅，四面漫开去，漫开去，如烟似霭，聚成山，聚成峦，起起伏伏。抬头，低头，侧身，转身，相遇到的，除了花，还是花。累累的，朵朵清纯。我们在桃花丛中跳着叫着，每个人的脸上，都有无数桃花的影子在荡漾，平日见惯了的一张脸，竟变得格外动人。我们相互看着，情不自禁拥抱成一团，信誓旦旦着说，不管将来到了哪里，我们都要永远记住今天的桃花。

多年后，我们早已天各一方，音讯疏离。年轻时好多的誓言，原是当不得真的。可记忆分明清晰地在着，一下一下拨动着心弦。我一刻也坐不住了，和那人立即出发去龙冈。我在车子上放上了水和面包，是打算在那儿好好温故一番的。

天是十分架势的晴，阳光金箔儿似的，镶嵌得到处都是。沿途的颜色十分可人，麦苗绿，菜花黄。若遇水，水边垂柳依依，再傍着一河两岸的菜花，那景，就像谁摊开了巨幅水彩画。还是不识路，只能凭着从前的印象，出了盐城，顺着路开，却迟迟未到。停车问人，原来早就开过去了。不着急，笑嘻嘻把车掉转头，继续开。我的眼睛盯着窗外，春天的风景，其实没有目的地，逮哪儿是哪儿，即便再偏僻荒芜的地方，也一样的叶绿花开。且把一路的相遇当景致。

我们就这么不急不慌的，边走边看，到达龙冈镇。修车的铺子前，几个男人闲闲地坐着。我们去问路，只怕人家听不懂，特别形容，就是有很多很多桃花的地方啊。男人们没有表现出惊奇，淡淡说："哦，是看桃花的啊。"他们伸手一指："你们往那边去就是了。"

我们顺着他们手指的方向，出镇子。途中又问一妇人，她同样没有惊奇，伸手一指："呶，那边。"我们终于看见桃花了，零星的一抹红，被一道铁丝网圈着。那里，已辟成旅游地，打着桃花的名。我笑了，桃花有幸，竟被这么隆重相待。只是旧日之景回不去了，如同旧日时光。

我们买了门票进去。园内有河有桥，有长长的曲廊，新植桃树，不过数十棵。稍稍一打眼，也就望遍了。我不死心，一棵树一棵树地数着看。树不是从前的树了，花朵却开着从前的模样，朵朵清纯，红粉乱溅。我心里悄悄生出一个打算，这次回去，我要一一找到昔日的她们，告诉她们，我又去龙冈看过桃花了。人生也短，我们不要再错过。

几个女孩携手而来。她们不嫌花少，倚着一树的花，旁若无人地摆出各种姿态拍照。青春的脸上，飞扬着明媚活泼的笑，怎么看都是好看。我站定看她们，想着，这是她们的桃花时光呢，多年后，会记得吧。

Chapter

4

人与花心
各自香

人与花心各自香

是在突然间，闻见桂花香的，在微雨的黄昏。

那香味儿，起初若有似无，羞羞怯怯的。正疑心着，驻足四处张望，忽然一阵风来，吸进鼻子的，就是大把大把的香甜了。

有路人自言自语着，呀，桂花开了。一脸兴奋的笑。是乍见之下的惊喜。

心，跟着香香甜甜的一转，真的，桂花开了。那熟稔的香甜味儿，率真，浓烈，让人欢喜。

眼前恍恍惚惚的，有一树花开，细细碎碎的，是一树丹桂，在小院中。皓月当空，花香雾般缥缈。只需一棵树，就染香了一整个村庄。祖母的视线被小院中的桂花树牵着，目光柔和，充满慈祥。她望着窗外的树说，过些日子，就给你们做桂花汤圆吃。

我们很快乐。桂花汤圆好吃，一口一个呀，那是穷日子里，我们最奢侈的向往。我们望向窗外，对那一树细密的花儿，充满感激。

也听祖母讲过月里桂花树的故事。说一个叫吴刚的仙人，犯了错，被玉帝罚到月宫里，砍伐桂花树。那桂花树好奇怪的，他一斧子下去，桂花树又迅速长出新枝来。他一日不伐，树就疯长得恨不得能撑破月亮，所以吴刚只好日夜不停地，在桂花树下砍啊砍的。

人不能做错事啊，祖母这样叹。祖母是同情吴刚的。而我们，却在心里欢喜地暗想着，倘若那棵桂花树真的撑破了月亮，会怎样呢？那一树的桂花，可以做多少的桂花汤圆吃啊。这样的暗想，真是甜蜜。

喜欢过一部老电影里的旁白：桂花开了，十里八里都能闻到。故事发生在战争年代，一对毫无血缘关系的孤儿——六岁的男孩、四岁的女孩，被一农妇收养。在种着桂花树的小院里，他们长大，他们相爱。后来，解放了，男孩当了大官的亲生父母找上门来，把男孩接到城里。距离之外，一切仿佛都变了，包括男孩女孩青梅竹马的爱情。但每年，小院子里的桂花，却如约而开，十里八里都能闻得到。男孩的梦里，飘满这样的桂花香，他终抵不住思念，回到乡下女孩身边。

这是桂花的爱情，爱就爱了，只管把她的浓情蜜意一路洒开来，缕缕不绝，让人欲罢不能，魂牵梦萦。

现在，桂花树不单单乡村有，城里也种上了。秋天时节，在某条街道上随意闲逛，就有桂花香撞过来。如果这个时候刚好飘过一场雨，雨不大，是漫不经心飘着的那一种，花香便被濡湿得很有质感，随手一拂，满指皆是。桂花把空气染成了一罐蜜，人在其中，也成了一个香甜的人了。不由自主想起宋代词人朱淑真写的诗来："一枝淡贮书窗下，人与花心各自香。"这样的时光，非常的幸福，非常的暖。这样的时光，很容易想起一些人，想念他们的好，怀着感恩的心。

小鸟每天唱的歌都不一样

壹

一只鸟在啄我的窗。

有时清晨，有时黄昏。有时，竟在上午八九点或下午三四点。

柔软的黄绒毛，柔软的小眼睛，还有淡黄的小嘴——一只小麻雀。它一下一下啄着我的窗，啄得兴致勃勃。窗玻璃被它当作琴弦，它用嘴在上面弹乐曲，"笃""笃""笃"，它完全陶醉在它的音乐里。

我在一扇窗玻璃后，看它。我陶醉在它的快乐里。

我们互不干扰。世界安好。

有一段时间，它没来，我很想念它。路上偶抬头，听到空中有鸟叫声划过，心便柔软地欢喜，忍不住这样想：是不是啄我窗子的那一只？

我的窗户很寂寞，在鸟儿远离的日子里。

贰

街上有卖鸟的。绿身子，黄尾巴，眼睛像两粒小豌豆。彩笔画出来似的。

鸟在笼子里，啁啾。

我带朋友的小女儿走过。那小人儿看见鸟，眼睛都不转了，她欢叫一声："小鸟哦。"跳过去，蹲下小小的身子看鸟。鸟停止了啁啾，也看她。

它们就那样对望着，好奇地。我惊讶地发现，它们的眼神，何其相似：天真，纯净，一汪清潭。可以历数其中细沙几粒，水草几棵。

小女孩说："阿姨，小鸟在对我笑呢。"

有种语言在弥漫，在小女孩与小鸟之间。

我相信，那一定是灵魂的暗语。

叁

我确信我家的屋顶上，住了一窝鸟。

深夜里，我写字倦了，喝一杯温热的白开水。四周俱静。我家屋顶上，突然传来嘈嘈切切的声音，伴着鸟的轻喃，仿佛呓语。我以为，那一定是一家子，鸟爸爸，鸟妈妈，还有鸟孩子。

我微笑着听，深夜的清凉，霎时有了温度。

我开始瞎想，它们是一窝什么样的鸟呢？是"泥融飞燕子"中的燕子吗？还是"百啭千声随意移"中的画眉？或许是"两个黄鹂鸣翠柳，一行白鹭上青天"中的黄鹂和白鹭呢。简直活泼极了，翠绿，艳黄，纯白，碧蓝，怎一个惊艳了得？它们鸣唱着，欢叫着，发出天籁之声。

我没有爬上屋顶去看，它们到底是怎样的鸟。我不想知道。

它们一天一天，绵延着我的想象，日子里，便有了久久长长的味道。

肆

故事是在无意中看到的。说某地有个退休老人，多少年如一日，用自己的退休金，买了鸟食，去广场上喂鸟。

为了那些鸟，老人对自己的生活，近乎苛刻，衣服都是穿旧的，饭食都是吃最简单的，出门舍不得打车，都是步行。

鸟对老人也亲。只要老人一出现，一群鸟就飞下来，围着老人翩翩起舞，婉转鸣唱。成当地一奇观。

然流年暗换，老人一日一日老去，一天，他倒在去送鸟食的路上。

当地政府，为弘扬老人精神，给老人塑了一铜像，安置在广场上。铜像安放那天，奇迹出现了，一群一群的鸟，飞过来，绕着老人的铜像哀鸣，久久不肯离去。

我轻易不落的泪，掉下来。鸟知道谁对它们好，鸟是感恩的。

伍

有一段时间，我在植物园内住。是参加省作家读书班学习的，选的地方就是好。

两个人一间房，木头的房。房在密林深深处。推开木质窗，窗外就是树，浓密着，如烟的堆开去。

有树就有鸟。那鸟不是一只两只，而是一群一群。我们每天在鸟叫声中醒过来，在鸟叫声中洗脸，吃饭，读书，听课，在鸟叫声中散步，物欲两忘，直觉得自己做了神仙。

有女作家带了六岁的孩子来，那孩子每天大清早起床，就伏到窗台上，手握母亲的手机，对着窗外，神情专注。我问他："干吗呢，给小鸟打电话啊？"他轻轻冲我"嘘"了声，一脸神秘地笑了。转过头去，继续专注地握着手机。后来他告诉我，他在给小鸟录音呢。"阿姨，你听你听，小鸟每天唱的歌都不一样。"他举着手机让我听，一脸的兴奋。手机里小鸟的叫声，铺天盖地灌进我的耳里来。如仙乐纷飞。

小鸟每天唱的歌都不一样，这句话，我铭记了。

种香

　　她蹲在人潮如涌的菜市场门口，脚跟边放两只篾篮。篾篮内，是挤挤挨挨的花骨朵，凝脂一样的，白而稠，是栀子花。

　　这是晌午，刚下过一场雷雨，空气中满是濡湿的潮和清凉。她刚从树上把花采下，花骨朵上便带了莹莹的雨珠，清清亮亮地滚动着，闪亮着。她并不吆喝，只从容地蹲着，平和地望着来来往往的人。岁月已把她汰洗成一老妪，但满满两篮子的香花，却给她染上一份别有的动人。

　　路过的人，少有不被花香牵去的。女人们更是迈不动脚了，欢喜地惊叫，是栀子花吗！当然是。她们于是奔过去，蹲下来细看，脸上是迫切热烈的，像见到久别的友人。拣几朵，别在发里面，插在衣兜上，整个人立即满身溢香，再平凡的样子，也平添几分妩媚，让人忍不住回了头去看。

小女孩嗅花的姿势最是动人，弯了小小的身子，学着妈妈的样子，把花朵举近鼻翼处，煞有介事地嗅，小脸儿花朵似的绽放着。我站定微笑着看，想，她若长大了，她这朵花又将开在何人家？

很快，老妇人的篾篮前围满了人。女人们一朵一朵地数着花，一边问老妇人，多少钱一朵？老妇人笑答，一角钱三朵。听错，以为一块钱三朵。正犹豫着，她重复说，一角钱三朵，你们随便挑。当下觉得真是便宜至极，忙不迭地去拣花，生怕她突然反悔了。有女人讨价还价说，一毛钱四朵好不？以为老妇人定不肯，因为偌大的市场，卖花的只她一个。但老妇人只是不置可否地笑笑，大家便当她是默认了，都欢天喜地地补加一朵。待到付钱时，老妇人却从篮内另挑出几朵来，塞到买的人手里，说，回去挂蚊帐里，又香又避蚊子。

我给了她五毛钱，拣了二十朵。她也额外挑几朵给我，笑眯眯的，像我老去的祖母。我于是满手盈香，别一朵在衣襟上，走得很招摇。心是张扬着的，轻若飞尘。

回到家，我在客厅放几朵，在书房放几朵，再把剩下的别到床头上。微风过处，缕缕不绝的，都是花香了，觉得无限的惬意。真得感谢那位老妇人，区区五毛钱，她就给了我满屋的馨香。便向往，等我老了的时候，我也要在家门前种一棵栀子，在栀子花盛开的时节，于下雨天，提了篾篮去卖花，把花香种到空气里，种到每个女人的梦里面。

善心如花

在一个陌生的小城歇脚，看到小城车站窗口悬挂着一个爱心箱。箱子其实是个普通的箱子，木头的，外头漆成养眼的草绿色，上面用红漆写着三个大字："爱心箱"。走过路过的人，有留意看一下的，也有根本不在意的。你留意也好，你不在意也罢，箱子都兀自在那儿挂着，像承诺，像坚守。问当地人："这箱子做什么用呢？"那人看一眼，笑说："是帮助落难的人回家呢。"他走过去，从口袋里掏出一元硬币放进去。

陆续地，有人亦走过去，捐出身上的硬币。

原来，这是一个捐款箱。所得资金，全部用来帮助车站上落难的旅客，让他们能顺利返家。据说，这个爱心箱，已先后使几百人受益，爱心洒向全国各地。

突然就觉得这个小城的车站芳香四溢起来。一个人的一元不多，但很多人的一元，就能汇成一条爱的河。我后来也走过去，投进去一元。我不知道我的那一元，会助谁踏上回家的路。当他顶着外面的寒冷，推开家门，扑进团聚的温馨里，我想一定会有花开，团团的，如绵一样的柔软。

我的单位附近，卖吃食的摊子多，各色各样的点心小吃，花样迭出，让人应接不暇。其中，有一卖茶徽的，是个妇人。妇人守着一筐的茶徽，并不叫卖，只安静地坐着，生意却很好，去买她茶徽的人，总是很多。不少的老顾客，去熟了，老远就招呼，跟自家人似的。

大家每次也不多买，就买上一元两元的，坐她边上吃，她会提供些白开水。大家一边吃，一边和她唠家常，说些趣事或天气如何之类的家常话。她呵呵乐着，眼角的皱纹，笑得堆到一起。

我以为，茶徽定很好吃。一次特地跑去买，却不是想象中的味，甚至有些难吃。

她那里的顾客，却仍是多。这让我很费解。

后来无意中听到她的故事：本有着和和美美的一个家，却意外发生车祸，儿死夫丧，自己也断掉一条腿，靠卖茶徽维持生活。

知道她故事的人，都跑去买她的茶徽。渐渐的，成了习惯。

我便也常常去了。每次只买一元，有时坐她旁边吃完，有时不。她笑眯眯的，我也笑眯眯的。

那儿，卖吃食的摊子很多，最近又新冒出一家土家族烧饼店。她的生意，却没有因此受影响。每次从她摊前过，我都会看到有人在那儿吃茶徽，便忍不住要感动，想，她终究是幸福的，她是一个被众多善心包裹着的人呢。

这样的善心，是这个世界不败的花朵。生命在，它的芳香就在，或许不浓烈，却一点一点沁人心脾。

低到尘埃的美好

壹

家附近，住着一群民工，四川人，瘦小的个头。他们分散在城市的各个角落，搞建筑的有，搞装潢的有，修车修鞋搞搬运的也有。一律的男人，生活单调而辛苦。天黑的时候，他们陆续归来，吃完简单的晚饭，就在小区里转悠。看见谁家小孩，他们会停下来，傻笑着看。他们想自家的孩子了。

就有了孩子来，起先一个，后来两个，三个……那些黑瘦的孩子，睁着晶亮的大眼睛，被他们的民工父亲牵着手，小心地打量着这座城。但孩子到底是孩子，他们很快打消不安，在小区的巷道里，如小马驹似的奔跑起来，快乐着。

一日，我去小区商店买东西，在商店门口发现了那群孩子。他们挤挤攘攘在小店门口，一个孩子掌上摊着硬币，他们很认真地在数，一块，两块，三块……

我以为他们贪嘴，想买零食吃呢，笑笑走开了。等我买好东西出来时，看见他们正围着卖女孩子头花的摊儿，热闹地吵着："要红的，要红的，红的好看！"他们把买来的红头花，递到他们中的女孩子手里。又吵嚷着去买贴画，那是男孩子们玩的，贴在衣上，或是墙上。他们争相比较着哪张贴画好看，人人手里，都多了一份满足。

再见到他们在小巷里奔跑，女孩子们黄而稀少的发上，一律盛开着两朵花，艳艳地晃了人的眼。男孩子们的胸前，则都贴着贴画。他们像群追风的猫，抛洒着一路的快乐。

贰

去一家专卖店，看中一条纱巾。浅粉的，缀满流苏，无限温柔。

爱不释手，要买。店主抱歉地说，这条不卖，是留给一个人的。

便好奇，她买得，我为什么买不得？你可以让她去挑别的嘛。

店主笑，给我讲了一个故事。故事的主人公，是个女人，女人先天性眼盲。家里境况又不好，她历尽一些人生的酸苦，成了盲人按摩师。女人特别喜欢纱巾，一年四季都系着，搭配着不同的衣服。

也是巧合了，女人那日来她的店，只轻轻一抚这条纱巾，竟脱口说出它的颜色，浅粉的呀。这让店主大为诧异。她当时没带钱，走时一再关照店主，一定要给她留着。

我最终都没见到那个女人。但我想，走在大街上，她应该是最美的那一个。有这样的美在，人世间还有什么样的艰难困苦不能逾越的？

叁

朋友去内蒙古大草原。

九月末的大草原，已一片冬的景象，草枯叶黄。零落的蒙古包，孤零在路边。朋友的脑中，原先一直盘旋着"天苍苍，野茫茫，风吹草低见牛羊"的波澜壮阔，直到面对，他才知，生活，远远不是想象里的诗情画意。

主人好客，热情地把他让进蒙古包中。扑鼻的是呛人的羊膻味，一口大锅里，热气正蒸腾，是白水煮羊肉。怕冷的苍蝇，都聚集到室内来，满蒙古包里乱窜。室内陈设简陋，唯一有点现代气息的，是一台14寸的电视，很陈旧的样子。看不出实际年龄的老夫妻，红黑的脸上，是谦和的笑，不停地给他让座。坐？哪里坐？黑不溜秋的毡毯，就在脚边上。朋友尴尬地笑，实在是落座也难。心底的怜悯，滔滔江水似的，一漫一大片。

却在回眸的刹那，眼睛被一抹红艳艳牵住。屋角边，一件说不出是什么的物什上，插着一束花。居然是束康乃馨，花朵绽放，艳红艳红的。朋友诧异，这茫茫无际的大草原，这满眼的枯黄衰败之中，哪里来的康乃馨？

主人夫妻笑得淡然而满足，说，孩子送的。孩子在外地读大学呢，我们过生日，他们让邮差送了花来。

　　那一瞬间，朋友的灵魂受到极大震撼，朋友联想到幸福这个词，朋友说，幸福哪里有什么标准？原来，每个人有每个人的幸福。

细小不可怜

　　遇到细小，有些突然，年前回老家，看望母亲，刚进村口，她迎面走过来。着一件褪色的红色羽绒衣，脸庞瘦削，岁月风蚀的印迹，很重。看见我，她眼睛里跳出惊喜，梅姐姐，你回来啦？

　　我愣一愣，定定地看着她。说实在的，我没认出她。

　　她并不介意我的遗忘，很灿烂地笑，眼睛弯成小月牙，眼角的皱纹，堆成皱褶。她说，我是细小啊。

　　细小？记忆一下子扑面而来：低矮的茅草房。咳嗽的女人。木讷的男人。还有一个瘦小的小女孩。

　　那是细小和她的家，是村子里最穷的人家。

　　不记得她是怎样活泼地出现在人们跟前的，瘦小的她，仿佛突然从天而降，提着篮子割羊草，一路唱着歌儿来，一路唱着歌儿走，满身满心的，都是快乐。遇到大人，她老远就脆脆地叫，大爷好。大妈好。村人们惊奇地说，哟，这不是红喜家的细小吗。然后笑着叹，想不到红喜，生了这么伶俐的一个小丫头。

她是真的伶俐。六七岁的小人儿，已能拾掇家了，烧火做饭，件件利索。还养了两只羊。害得大人们老拿她来教育贪玩的我们，你们瞧瞧，人家红喜家的细小，多懂事！

细小的母亲，一年到头病着。穿一件绛色的绸缎衣，脸色苍白地倚着家门，咳嗽。她身上那件乡村里不多见的绸缎衣，引发我们的好奇，私下里觉得，她是个不一般的女人。我们远远地看她，看见细小搀着她出来，然后搬了凳子把她安置下来。细小给她擂背。细小给她梳头发。细小在她身边又唱又跳。她虚弱地微笑，苍白的脸上，现出绵软的慈祥来。身后低矮的茅草屋，陈旧破败，却跳动着无数阳光。天空好像一直晴朗着，永远的春天的样子，静谧且安详。

也见到细小的父亲，那个木讷得近乎愚笨的男人，背驼得恨不得趴到地。听大人们说，他之所以能娶到细小的母亲，原因是他家庭成分好。那是个讲究成分的年代。而细小的母亲，是大地主家的女儿。

他总是趴在地里劳作。细小做好饭了，站在田埂头叫他，爸爸，家来吃饭啦。他应一声，哦。慢吞吞地往家走，他的前面，奔跑跳跃着快乐的细小。这场景，总引得村人们驻足看一会，笑叹，这丫头。是赞赏了。

细小念过两年书吧？不记得了。听她用普通话念过"天上的星星亮晶晶"之类的句子，她把它念得像唱歌。她念着它去割羊草，她念着它做饭洗衣裳。不知从哪一天起，我们极少再注意到她了，我们有自己快乐的圈子，都是些读书的孩子，上学了一起唱着歌儿去，放学了一起踢毽子跳绳玩，那里面，没有细小。再注意到细小，是她出去卖唱。大冬天里，雪一场一场地下，我们都围着小火炉取暖，细小却出发了，带着她木讷的父亲，到周围的一些村子里。去时两手空空，回来时，却肩背手提的，都是细小唱小曲儿换得的报酬———一些米面，或馒头。足可以让她一家，度过很多饥寒。

我后来出去读书，在外工作，有关细小的一些，遥远成模糊。偶尔回家，跟母亲闲扯村里的人和事，会提及她。也只是零星半语。知道她母亲后来死了。知道她嫁到外村，嫁了个不错的男人……也仅仅这些，说过就说过了，似乎已到结局。而且，这个结局似乎并不赖。

这次意外相逢，使我重又把她当作话题，跟母亲聊。母亲说，这孩子命苦啊。母亲这一叹，就叹出细小一段更为坎坷的人生来。命运并不曾眷顾她，她嫁人后，没过几天安稳日子，男人却出车祸瘫了。那个时候，她刚怀有五个月的身孕。都以为，年纪轻轻的她会离婚改嫁，她却留了下来，生下儿子。她去捡垃圾。她去工地上打零工。她拿了手工活，半夜做……

我离开老家前，又碰到细小。她回来，是打算把她父亲接到身边去照料的。我很唐突地问她，细小，过得很苦吧？细小稍稍一愣，随即笑了，眼睛弯成一弯月牙，她说，梅姐姐，苦什么苦啊，我过得很好的，我儿子都上小学三年级了呢，成绩蛮好，老师都夸他。她的语气里，有自豪。

我却放不下她。再回老家，我带了一些儿子不穿的旧衣，还买了一些练习簿，托人捎给她。在我，是存了同情的心，想她儿子，总会用得着的。隔些日，她竟托人带来一篮子鸡蛋，捎来话，她说，永远记着姐姐的恩情。细小不可怜，细小生活得很好，请姐姐放心。

她实在，是一个不需要别人怜悯的女人，她让我心怀敬重。就像乡野里一株向日葵，永远朝着阳光生长。又或许，她心中本来就布满阳光，所以，再多的灰暗，也会变得灿烂。

尘世里的初相见

陌生的村庄，在屋门口坐着择花生的老妇人，脚跟边蜷着一只小黑猫，屋顶上趴着开好的丝瓜花……这是一次旅途之中，无意中掠入我眼中的画面，没有什么特别的，但就是常常被我想起。那个村庄，那个老妇人，那猫那花，它们在我心里，投下异样的温暖。我确信，它们与我心底的某根脉络相通。

机场门口，一对年轻男女依依惜别，男人送女人登机。就要登机了，女人走向检票口，复又折回头，跑向男人，只是为了帮他理理乱了的衣领。这样的场景，我总在一些浅淡的午后想起，一个词，很湿润地跳出来，这个词，叫爱情。

送别的车站，一个母亲，反复叮嘱她人高马大的儿子："到了那儿，记得打个电话回家。天好的时候，记得晒被子。"儿子被她叮嘱得烦了，一边往车上跨，一边说："知道了，知道了。"做母亲的仍不放心，伏到车窗外，继续叮嘱："到了那儿，记得打个电话回家啊。"母爱拳拳，怀揣着这样的母爱上路，人生还有什么坎不能逾越？

凤凰沱江边，夏初的黄昏，空气中，飘荡着丝丝甜润的水的气息。放学归来的孩子，书包挂在岸边的树上，脱下的衣服，胡乱扔在青石板上。一个一个，跳下水，扑通扑通，搅了一河两岸的宁静。我遥问："冷吗？"他们答："不冷。"一个猛子下去，不一会，隔老远的水面上，冒出一个小脑袋来。岸边的游客，一个个笑看着他们。这旅途中偶然撞见的一景，谁能轻易遗忘？时光不管走多远，童年的影子，一直在，一直在的。它碰软了我们的心。

苗人寨里，一场雨刚落过，弯弯曲曲一路延伸上去的青石板上，苔痕毕现，湿漉漉的打滑。瘦瘦的大黄狗，蹲在自家家门口。破损的院门，灰灰的屋顶，却从里面走出一个水灵灵的小女孩来。小女孩赤着脚，从青石板上一路奔下去，辫梢上两朵粉红的蝴蝶结，艳红了简陋的寨子。我唤她一声，她停下脚步，转身讶异地看着我，笑一笑，复又奔下去。我很惊奇地望着她的背影，这么滑的路，她怎么不会摔倒？那次旅途中的其他，我回来后大抵都遗忘了，唯独这个小女孩，不经意地就会出现在我的脑海中，日子里，氤氲着别样的感动。无论生活有多灰暗，总有明亮的东西在，人生不绝望。

这是尘世里的初相见，总会在我们的记忆里反复再现，没有理由地。使我们静静感念一些时光，静静地，不着一言。像老屋子里，落满尘的花瓶中，一枝芦苇沉默。阳光淡淡扫过，空气中，有微尘曼舞。这是宁静的好吧？这样的宁静，让人内心澄明。怀特说，生活的主题是，面对复杂，保持欢喜。红尘阡陌中，我们欠缺的，或许正是这样一颗欢喜的心。

蔷薇几度花

喜欢那丛蔷薇。

与我的住处隔了三四十米远，在人家的院墙上，趴着。我把它当作大自然赠予我们的花，每每在阳台上站定，目光稍一落下，便可以饱览到它：细长的枝，缠缠绕绕，分不清你我地亲密着。

这个时节，花开了。起先只是不起眼的一两朵，躲在绿叶间，素素妆，淡淡笑。还是被眼尖的我们发现了，我和他几乎一齐欢喜地叫起来："瞧，蔷薇开花了。"

之前，我们也天天看它，话题里，免不了总要说到它。——你看，蔷薇冒芽了。——你看，蔷薇的叶，铺了一墙了。我们欣赏着它的点点滴滴，日子便成了蔷薇的日子，很有希望很有盼头地朝前过着。

也顺带着打量从蔷薇花旁走过的人。有些人走得匆忙，有些人走得从容。有些人只是路过，有些人却是天天来去。想起那首经典的诗："你站在桥上看风景／看风景的人在楼上看你。"这世上，到底谁是谁的风景呢？——你是我的，我也是你的，只不自知。

看久了，有一些人，便成了老相识。譬如那个挑糖担的。

是个老人。老人着靛蓝的衣，瘦小，皮肤黑，像从旧画里走出来的人。他的糖担子，也绝对像幅旧画：担子两头各置一匣子；担头上挂副旧铜锣；老人手持一棒槌，边走边敲，当当，当当当。惹得不少路人循了声音去寻，寻见了，脸上立即浮上笑容来，"呀"一声惊呼："原来是卖灶糖的啊。"

可不是吗！匣子里躺着的，正是灶糖。奶黄的，像一个大大的月亮。久远了啊，它是贫穷年代的甜。那时候，挑糖担的货郎，走村串户，诱惑着孩子们的幸福和快乐。只要一听到铜锣响，孩子们立即飞奔进家门，拿了早早备下的破烂儿出来，是些破铜烂铁、废纸旧鞋等的，换得掌心一小块的灶糖。伸出舌头，小心舔，那掌上的甜，是一丝一缕把心填满的。

现在，每日午后，老人的糖担儿，都会准时从那丛蔷薇花旁经过。不少人围过去买，男的女的，老的少的，有人买的是记忆，有人买的是稀奇——这正宗的手工灶糖，少见了。

便养成了习惯，午饭后，我必跑到阳台上去站着，一半为的是看蔷薇，一半为的是等老人的铜锣敲响。当当，当当当——好，来了！等待终于落了地。有时，我也会飞奔下楼，循着他的铜锣声追去，买上五块钱的灶糖，回来慢慢吃。

跟他聊天。"老头。"——我这样叫他，他不生气，呵呵笑。"你不要跑那么快，我们追都追不上了。"我跑过那丛蔷薇花，立定在

144

他的糖担前，有些气喘吁吁地说。老人不紧不慢地回我："别处，也有人在等着买呢。"

祖上就是做灶糖的。这样的营生，他从十四岁做起，一做就做了五十多年。天生的残疾，断指，两只手加起来，只有四根半指头。却因灶糖成了亲，他的女人，就是因喜吃他做的灶糖，而嫁给他的。他们有个女儿，女儿不做灶糖，女儿做裁缝，女儿出嫁了。

"这灶糖啊，就快没了。"老人说，语气里倒不见得有多愁苦。

"以前怎么没见过你呢？"

"以前我在别处卖的。"

"哦，那是甜了别处的人了。"我这样一说，老人呵呵笑起来，他敲下两块灶糖给我。奶黄的月亮，缺了口。他又敲着铜锣往前去，当当，当当当。敲得人的心，蔷薇花朵般地，开了。

一日，我带了相机去拍蔷薇花。老人的糖担，刚好晃晃悠悠地过来了，我要求道："和这些花儿合个影吧。"老人一愣，笑看我，说："长这么大，除了拍身份照，还真没拍过照片呢。"他就那么挑着糖担子，站着，他的身后，满墙的花骨朵儿在欢笑。我拍好照，给他看相机屏幕上的他和蔷薇花。他看一眼，笑。复举起手上的棒槌，当当，当当当，这样敲着，慢慢走远了。我和一墙头的蔷薇花，目送着他。我想起南朝柳恽的《咏蔷薇》来："不摇香已乱，无风花自飞。"诗里的蔷薇花，我自轻盈我自香，随性自然，不奢望，不强求。人生最好的状态，也当如此吧。

那一刻，时间停顿，风不吹，云不走，仿佛什么都想了，什么都没有想。

大山里的牵牛花

　　八月里，我偶得机会，跟随朋友去沂蒙山区做客。主人家的小男孩冬冬，八岁，长得胖胖墩墩的。他屋里屋外快乐地穿梭，一会儿从屋内捧出梨子给我们吃，一会儿又去院内摘来两根黄瓜。

　　我提出要看看他们的村子，他自告奋勇跑在最前头。"阿姨，我带你去。"他在前头招呼我，小脸蛋被风吹得红扑扑的。我跟着他，村前村后瞎转悠，只见石头垒的院墙，一家挨着一家，家家门户洞开，鸡狗安详。冬冬不时指着这里那里告诉我，这是杏子树，能结好多杏子呢。那是打碗花，可以吃的，很甜呢。

　　冬冬的身边，不知何时，多出几个孩子来。几颗小脑袋挨一块，嘀嘀咕咕，不时拿眼瞟我。最后，他们终于憋不住了，让冬冬出面问我，可不可以帮他们拍照。原来，他们是看中了我脖子上挂着的相机。我说："当然可以呀。"孩子们高兴起来，欢呼雀跃。

我举起相机就要拍。孩子们看看四周，连连摆手："阿姨，不行，不行，这儿不好看。"我有点意外，看看四周，一截矮墙立着，的确有些荒芜和单调了。"我们去云云家吧，她家开了好多的牵牛花。"冬冬提议。他的提议，立即得到热烈响应。叫云云的那个小女孩，激动得小脸通红，开心得一溜烟往家里跑去了。

我在孩子们的前呼后拥下，穿过两条小巷道，拐过一个转角，就到云云家了。矮墙上，一蓬牵牛花，气势磅礴地扑过来，红红白白，蓝蓝紫紫。云云和她年轻的妈妈早已候在院门口。

小院整洁有序，葡萄架搭出碧绿的天然廊庑，枝上的每串葡萄，都用纸袋小心地兜着。我好奇："是怕鸟啄吗？"云云妈赶紧解释："不是呢，葡萄要熟的时候，太阳一晒，会开裂，这是防裂的。"她盛了清水，给孩子们洗脸。见我还在仰头看她的葡萄架，她笑了，说："每年采摘的时候，我都会留一些在树上，给鸟吃的。"

我的心，突然地软软一动，这份善良，照得见人世间最原始的淳朴。

洗净脸的孩子们，一个一个，站到院门口的那蓬牵牛花下。相机上的他们，笑得比牵牛花还灿烂。末了，他们还请我给他们的小猫拍照。给他们的葡萄架拍照。给他们的房子拍照。给他们的牵牛花拍照。"呀，这么好看呀！"他们挤在我的相机前，看着显示屏上他们熟悉的家园，快乐地大叫。

"要不要我给你们寄照片？"我问。

孩子们出乎我意料地摇头，说："我们已经看到了呀！"

愣住，原来，他们把美装在了心里面。他们四散开去，快乐地追逐着风跑，一朵一朵的牵牛花，就开在了风里面。

Chapter

5

世事静好

世事静好

　　我坐在桌边，安静地看着书的时候，突然想到"静好"这个词。

　　这是仲秋的上午，有一窗子的阳光。天上的云，是难得一见的纯白，挤挤挨挨着。跟瀑布跌落在岩石上似的，溅起一大朵一大朵雪白的浪花儿。楼下小径旁的栾树，开了大捧的细花，浅翠的，淡黄的。我心里有雀跃，用不了多久，它们又将擎着一簇簇红灯笼似的果了，亮丽闪耀，不分白天黑夜地照着。我出门，或是回家，便都有好颜色相送相迎。

　　草地上的几棵桂花树，也开始播着香了。别看这花模样细小，文静着，害羞着，甚至有些怯弱，像未曾见过世面的小女子，一颦一笑里，都藏着小心。事实上，才不是呢，它的性子猛烈得很，能量也大得惊人，是那种随时随地，都能挽起袖子，豪气得敢跟男人拼酒的角色。它一旦香起来，那是想收也收不住的，气势磅礴得很有些撒泼的意思了。却撒泼得不惹人厌烦，反倒叫人满心欢喜，宠着，爱着，不知拿它怎么办才好。一棵树，十里香。谁能拒绝它的甜与香呢？再多一些，再再多一些，也不嫌多的啊。是恨不得和它一起撒泼，和它一起醉过去。

虫鸣声也还有。吱吱，吱吱吱，吱吱吱吱，曲调明快、嘹亮。是秋蝉。人替它忧愁着，秋别离，秋别离，生命就要离去了呀。它却一点儿也不愁，照旧叫得响亮亮的。该来的，总归会来。愁是一天，乐也是一天，干脆还是唱着过得好。它知道，有限的生命，实在容不得浪费。

孩子的笑声，跑进耳里来。是他，还是她？每次下楼，我也总见几个咿呀学语的小孩，由家里的老人带着，蹒跚着在空地上玩耍。他们和一朵花能玩上大半天，和一棵草也能玩上大半天。他们专注地看着地上的蚂蚁散步，专注地仰头望着天上的鸟雀飞翔。黑葡萄似的眼睛里，汪着清泉。看到他们，我的心，总会变得特别柔软，忍不住要微笑起来，他们是生长在这个世上的童话，是世界最初的模样。

我看一会儿书，看一会儿窗外的云，任思绪就这样，漫无目的地策马奔腾着，时光便缓慢得很像从前的光阴了。从前的光阴，没有网络年代的光阴，都是这么缓慢而静好的。我和姐姐蹲在屋后的河边洗碗，看小鱼争食碗里的食物碎屑，看它们在水里面比赛着吹小泡泡。一朵一朵的小泡泡，撒落的珍珠似的，在水面上跳跃着，滚动着，四散开来。那是一个一个的小快乐吧。我们总要看得呆过去，看得心里面也泛起一朵一朵的小泡泡。圆的菱叶，浮在水面上。叶下面，有细白的小花。我们等着那些小花结出菱角来呢，等得好焦急呀。今日去看，花还是花。明日去看，花依然是花。哎呀呀，菱角怎么还没结出来呢！祖母又挥着笤帚，在赶偷食玉米粒的鸡。她踩着小脚，绕着场边跑着，怒斥着，像怒斥不听话的我们。鸡却不长记性，一会儿又跑来偷食。厨房的餐桌上，搁着新摘下来的茄子和丝瓜。中午饭又吃蒸茄子了，还有丝瓜汤，百吃不厌。弟弟坐在屋门前的桃树下，在翻一本连环画。那本连环画，已被我们翻得缺了角，卷了边。桃树底下，凤仙花天真烂漫地开了一大片。我们扯上一大把，红黄白紫，都有，捣鼓捣鼓，留着晚上包红指甲。

　　那些光阴真是慢啊，慢得像荡上天空的一丝棉絮，忽忽悠悠，天空远得很哪。村庄很像一支古老的歌谣，日复一日，弹唱着同样的曲调。熟悉的人，熟悉的物事，天天都能见着。简单的心，简单的欲求，世事莫不静好，真真叫我怀念得有些心碎。

黑暗之中

　　小区停电，是偶发事件。事前一点预兆也没有，家家户户都是灯火辉煌的。从没有拉上窗帘的窗户里，可以看到男人女人的影，在屋子里快活地走动。说话，看电视，拿物什……活着，就是这样的生动，一天一天的。

　　突然间就停电了，听得女人们几许惊讶的"啊"的呼叫，复后，小区陡地陷入宁静。如同置身于一座荒岛之中。

　　那个时候，我正在电脑前敲字，"啪"的一声，电脑变成黑屏，所有的文字，转瞬之间，消失在黑暗之中，成了没有灵魂的影子。

　　家里没有可以用来照明的东西。蜡烛也没有。商店里仍有蜡烛卖，价钱不便宜，它已不是供照明所用，而是用来浪漫的。亦不是传统的圆柱形的白蜡烛或红蜡烛了，而是设计得相当完美的工艺品。我曾在元旦时得到朋友赠送的这样一个蜡烛，我之所以称它"个"而不称"支"，是因为它是装在一个水晶瓶里的，水晶瓶的内壁上散落着一圈桃花瓣儿，是镶嵌在玻璃内的。蜡烛点亮的时候，那些花瓣儿仿佛在游动，小金鱼似的。

朋友说，晚上点亮，对着它品茗，是极温馨的了。

我笑笑。想当初青春时节，有这样浪漫的心，却相遇不到陪我一起浪漫的人。而现在，纵然有这样的人陪我，自己早已失却了这样一颗浪漫的心了。这就是人世间的阴错阳差吧？年华似水，它总是不知不觉在消磨着什么。人生起落，岁月沉静，再多的恩爱情仇，也终会烟消云散。

那个蜡烛，我后来再没点亮，它搁在我的办公桌上很久。一天同事带她的小女儿到我办公室来，小孩子看到我桌上那个水晶瓶儿，小眼睛一下子亮如星星。我随手送了她。孩子喜得一个劲儿说谢谢阿姨，珍珍爱爱地捧在手心里。孩子是欢愉的，她心底的欢乐，总也燃不尽。我相信，她会让蜡烛的光芒，一直燃到记忆的尽头。

我的记忆跟着浮上来，在黑暗里。那个时候，小着呢，茅草房里，四代同堂：太婆，祖母，父亲母亲，还有我们兄妹四个。一家人，围坐在煤油灯下，屋子里总能照出一方昏黄的温暖。应该是七八点钟的光景吧，吃罢晚饭了，身上弥漫着玉米稀饭所特有的香甜味儿，我开始摊开田字格的练习本，煞有介事地在灯下写字了。也不过才读小学一年级啊，所识字不多，听得见成长的声音，在纸上欢快地呼呼啦啦。三个女人的头挨到我边上看我写字，太婆、祖母、母亲。三个女人都不识字，却都齐齐夸我，梅丫头的字写得好呢，瞧，小手握笔握得多直啊。我立即神采飞扬起来，小脸在昏黄的灯光里，激动得通红通红了。

而今，夸我的三个女人中，太婆老早就走了，坟上的草青了黄，黄了又青。祖母也已离去。母亲亦老了，像只守家的老猫，在屋檐下忙着转着。但动作明显的迟缓了不利索了。终有一天，那个在我记忆里千转万回的老家，它会变成一片废墟，在岁月的深处，我们谁也顾不了谁。因为我们都将老去。

一滴泪，掉落在我的臂弯里。

一个独自远在大西北做工的朋友，某一天夜里，给我打电话。开口一句就是，梅子啊，我不得安宁。那时我坐在一片灯火辉煌里，不觉得那话的分量。只是诧异地问，怎么了？他断续地说，黑暗……一个人的黑暗啊，无边无际。

无法安慰，只有倾听了。隔了遥遥的距离，我听见他的哭泣。男人的泪——黑夜里的孤寂。这世上，总有些沉重，有时要超出我们的承受能力。但我们，总要活下去的是不是？好好地活下去，活到光明到来的那一天，活到希望到来的那一天。

他笑了。

我亦笑。人都有万分软弱的时候。那个时候，我们需要的，不过是借一个肩膀，依靠依靠，而后，好再次上路。

突然想起张爱玲来，黑暗里，她念着想着那个负心的胡兰成，终忍不住，千里去浙江寻夫。但他的身边，早已有了其他女人。十几天的等待，没有结果，她不得不从温州一路跌跌撞撞而归。走的那天细雨霏霏，她站在船舷边，回望过去，隔着灰灰的阴雨，仿佛有一只鸟在天涯叫着，凄清的一两声。她的泪，潸然而下。

这个很硬的女子，这个从不轻易落泪的女子，因情，却也糊涂不堪，乃至最后枯萎。无数的黑暗里，她独饮眼泪。局外人都知道这是多么的不值，都知道。唯她一个人迷糊着。这是没办法的事，爱就爱了，没办法了。

亦想起看过的一个徽州女人的故事，还没出嫁呢，她所要嫁的男人却突然害病死了。这个女人，竟为他守了一辈子的寡。长夜难度，她把一罐一罐的铜钱倒到地上，然后在黑暗里，再摸索着慢慢把它们捡起来。她因此而赢得一块贞节牌坊。

她是在黑夜里老去的一朵花，是一滴黑色的眼泪，永远滴落在历史的页面上，让后来的女人们痛着，庆幸着。后来的女人，再多的恩怨纠缠，总也有个具体的对象，痛也痛得具体，恨也恨得具体。就像张爱玲，虽被情伤得千疮百孔，但比起那个徽州女人来说，到底是幸福到千倍百倍去了。

爱有所指是幸福的。有时，恨有所指，未尝不是一种幸福。

我们就这样在爱恨交织中，过着我们的日子。

屋顶上突然滑过一阵响动，侧耳听去，是两只猫，在我的屋顶上缠绵。这边叫一声，那边回应一声。它们把静的夜，搅动出温度来。风吹过窗帘，如花影飘摇。电仍没来，我安静地抱臂等待着。

一棵树，一个人

从前人家，孩子刚出生，会在院子里栽一棵树。

树一天天长高，孩子一天天长大。

树长高了，它的根会在院子里越扎越深，枝叶蓬勃得遮挡住半个院落，再大的风也吹不走它——除非人为的砍伐挖掘。

孩子长大了，心却生出翅膀来，在小小的院子里待不住了，总是想尽办法挣脱着往外飞。也就飞了。飞得离故土越来越远，有的千山万水，有的漂洋过海。

最后，守着故土的，只有树。

某天，你意外撞见一间祖屋，你推开吱吱呀呀乱叫着的门，蛛网遍布杂草丛生的院子里，看不到人了，只看到树。

树站在那里，枝干上布满岁月的苔痕，顶一头蓊郁苍翠，不言不语。

叶落过几世了？风吹走几世了？人又换过几代了？

你不知道。树都知道。树却不说。

人活不过一棵树，这是真的。人也犟不过一棵树去，这也是真的。树的每根筋骨里，都写着执着和坚韧，几十年、上百年，甚至上千年如一日，默默地守着一个地方。今生今世，山河岁月，它只做一件事，那就是，专心致志地爱着脚下的那片土地。无论贫瘠荒凉，无论天地轮转，都不改初心。

人呢？人的杂念太多，欲求太多。人的心，是缺着一个口的，再多的东西，也填不满它。这很像贪婪的孩子，得了一颗糖果，他要一罐。得了一罐，他又要一篮子了。人很少会说，够吃了，就好了。够穿了，就好了。够住了，就好了。一切刚刚好，这就很好了。人难得安静地待在一个地方，难得守着一树一屋，相伴终老。人总爱焦急，十分十分的焦急，说，不，不行，我还要争取更多的。不，不行，我还要争取更好的。于是，爱情里，难得忠贞，因为总有更好的在引诱着。物质名利里，难得满足，因为总有更多的在招着手。

人是傻了，总不肯放过自己，患得患失，又容易得陇望蜀，这山望了那山高。也就注定了一辈子不得安宁，马不停蹄，朝前奔啊奔啊。可是，前方的前头还有前方，这山过了还有那山。人感慨，世界太大了，唉，何时是尽头。他不知道，所谓的尽头，其实就在他的脚下，只要他肯慢下来，他就能够抵达。

人的智慧，终究比不过一棵树。一棵树从来不犯糊涂，它知道什么该拥有，什么该放弃，它貌似只站在原地守候，却把根扎得牢牢的、深深的，远方尽收眼底，看个通明。人呢？人一刻不停地奔走在路上，一路的风景，来不及细看，到最后，往往忘了为何出发，又忘了要去往何方，他只是惯性地朝前奔着、奔着，停不下来、停不下来了。也只有等到年老体衰，再也奔不动的时候，人回过头去，望来时路，才惊觉发现，这一路的奔波，他把生命中最宝贵的东西，早就给丢光了。最初的纯与真，那些有爱、有美好、有相守、有诺言、闪着金色光芒的时光，都给丢了啊！人这时才后悔莫及，孩子般地哭起来，说，我要回家，回家。

回家？回哪个家？大浪淘沙，剩下的吉光片羽，原不过是故乡那个小小的院落，和院子里的一棵树啊。那是灵魂生长的地方。

我有远房伯父，早年出外经商，商海里浮浮沉沉，终在南方的一座城里，打下一片江山。亲戚中传说他有资产过亿。他成了我们这个家族里，神一样的人物，提到他，都是金碧辉煌的。七十多岁的人了，还战斗在商海第一线。却突发重病，倒下。弥留之际，念叨着要回故里，要回他家的老院子。最终，却未能如愿，抱憾而去。据说死时，他眼角不停地淌出泪来，帮着擦掉，又有新的流出来。众人都说，那是不甘心哪，他想回老家呢。

他家的老院子早就不在了。院子里从前栽着的一棵柿子树，却留了下来。百十岁了，每年还挂一树的果，累累的。左右邻人去采摘，吃了后，都说，特别甜。

阳光的味道

　　这是初冬。天气尚未冷得彻底，风吹过来，甚至还是和煦的。从七楼望下去，还见一些绿色，夹杂在明黄、深黄、金黄、紫红、橙红、褐粉里，那是银杏、梧桐、桂树、枫树，还有一些白杨和杉树。秋冬转换之际，原是用色彩迎来送往的，斑斓得落不下一丝惆怅。霜叶红于二月花呢，哪一季都有自己的好。这就像我们人生，童年有童年的天真，少年有少年的飞扬，青年有青年的朝气蓬勃，中年有中年的稳健成熟，老年有老年的宽容慈祥，每一个年龄段，都有自己的风和日丽。

　　阳光在高处，像一群小鸟，飞过来，扑下来，落在七楼的阳台上，觅食一般的。有什么可觅呢？我和写作班的孩子们，在阳台上嬉戏。八九岁的小人儿，青嫩的肌肤，散发出茉莉花般的清甜味。我看到阳光爬上孩子们的脸蛋，爬上孩子们的眉睫，爬到孩子们乌黑的发上。孩子们向日葵一样的，朵朵饱满。阳光要觅的，可是这人世间最初的味道？清新的，纯粹的，未染杂尘。

仿佛就听到阳光的声音。是一群闹嚷嚷的小雀，挤着拥着，要往屋子里钻。也真的钻进来了，从敞开的大门外，从半开的窗户间。装空调的墙壁上，有绿豆粒大的缝隙，阳光居然也从那里挤了进来。屋子靠窗的桌子上，茶几上摊开的一本书上，一角的地板上，就有了它跳动的影子。阳光的影子有些像小鱼，尾巴灵活。或者说，阳光就是天空中游动的鱼。

这么一想，再抬头看天空，就觉得有无数的小鱼在游。这些小鱼游下来，把这尘世每一丝被遗漏的缝隙填满，再多的冷和寂寞，也被焐暖了。我想起那年在一旅游地，邂逅一景点，叫一米阳光。游人众多，都是冲着那一米阳光去的。幽深的山洞里，光明是隔绝在外的，只能摸索着前行。这个踩了那个的脚后跟，那个撞了这个的肩，时不时还有峭壁碰了头，大家发出惊叫声。突然，眼前一亮，一缕光亮，从头顶悬下，如桑蚕丝般的，抖动着，那是阳光。仰头看，洞顶，在石头与石头之间，天然留有米粒大的缝隙，阳光从那里溜下来。一行人噤了声，只呆呆望着那一米阳光，它是黑里的亮，是寒里的暖，只要你肯给它留一丝缝隙，它就灿烂给你看。

孩子们在阳光下欢闹，孩子们说，老师，我们在泡阳光澡呢。我一怔，多么形象！阳光被他们扑腾得四处飞溢，像搅碎了一浴盆的水。这"水"，顺着阳台，一路淌下去，淌下去，淌到楼下人家的花被子上，淌到楼下行人的身上。其实，这"水"，早就在空中流淌着，高处有，低处有，满世界都是阳光的海。

孩子们伸出手，左抓一把，右抓一把，仿佛就把阳光抓住了。

他们使劲嗅，突然对我说，老师，阳光是有味道的。我微笑着问，什么味道呢？孩子们争相回答，一个说，巧克力的味道。一个说，橘子的味道。一个说，菊花茶的味道。一个说，爆米花的味道。一个说，牛奶的味道……

是的是的，小可爱们，阳光是有味道的，那是童心的味道，是这个世界最本真的味道。

心中的日月

壹

在藏语里，香格里拉是"心中的日月"的意思。

八月的一天，我一路奔向香格里拉。从云贵高原踏上青藏高原，地势直往三千米以上爬升。高原反应越来越明显，我的额两边，痛得嚯嚯的，须用手不停地按着。旁座有人递给我一块巧克力，说："补充一下糖分，会好些的。"我冲他笑了笑。萍水相逢的温暖，总是深入人心的。

不肯闭起眼睛打盹，眼光一直落在窗外，车窗旁掠过很多低矮的植物，低矮的山峦。心里的期待，像一只欲跑出来的小兔子，不安地上上下下乱蹿着。旧时新嫁娘不过如此吧，红盖头下是惴惴的甜蜜，不知那个郎君是个啥模样的，就等着一掀盖头了。

感觉上已走了好几百里，却被导游洛桑告之，我们最多才走了五千米。"五千米？怎么可能？我们从早上一直在路上走着哪。"有人叫。洛桑笑眯眯的，不急，他伸手往对岸一指，那里山峦连绵。他说："看到对面的山了吗，我们刚刚就是从山那边，绕到山这边来了，直线距离，绝对不会超过五千米。"大家"啊"一声，恍然大悟，敢情我们都被这云南的山给捉弄了！近在咫尺，却如远在天涯，偏叫你不能轻易触摸到。

车子又向前驶了好长时间，大家看向窗外的眼睛，越来越焦急。到底有人按捺不住了，问洛桑："香格里拉还没到吗？"年轻的康巴汉子，这时好笑地睁着一对黑白分明的大眼睛，对我们眨啊眨的，说："到了呀，早就到了呀，我们脚下的土地就是亲爱的香格里拉呀。"

"那你为什么不早说？"大家嗔怪他，齐齐扑到窗前去，想看出窗外有什么不同寻常的景致来。结果，却落空了。窗外平静得几乎什么表情也没有，像我们往常在家走着的一段路，就是那样的一段路而已。

期待的心，慢慢平稳下来。不再激动，甚至连轻呼也不曾有，我以同样平静的表情，与香格里拉相遇。省略了握手，省略了寒暄，我们互相打量着，像早已熟悉的那一个，寻常，淡定。

沿途，是山，数不尽的山。天空很低，仿佛就匍匐在山的上面。白的云朵，在山巅之上，不紧不慢地漫着步。山下有房，土黄色，像安静卧着的大黄狗。房上插旗，有一面旗，两面旗，三面旗。一般人家插一面旗，表示信教。插三面旗的人家，地位最为尊贵，是家里出了活佛或有得道的高僧。那些旗，迎风猎猎，像夕阳下守望岁月的老人，神秘，安宁。——这是很奇怪的一种感觉。

贰

湍急的金沙江，一路狂奔，在流经石鼓镇长江第一湾时，突然急转北上，从哈巴雪山和玉龙雪山之间的夹缝里，硬生生挤了出去，形成了一道世界上罕见的裂痕——虎跳峡。峡内礁石林立，有险滩21处，跌坎7处，落差都在170米以上。水势汹涌，声闻数里。狭窄处仅三十来米宽，相传猛虎下山，在雄踞江中的一块礁石上轻点虎脚，便腾空越过，故有"虎跳峡"之称。

导游洛桑站定在谷前，眼望着对面的山，深吸一口气。他年轻的脸上，现出少有的凝重。他讲了一个故事，说有一天，一个外国游客，独自探险至此，面对如此壮观的大自然，不由自主"啪"一下，双膝弯曲跪下，大哭。

"大自然的美，常常让我们无法言语。"洛桑喃喃。"请爱护这里的一草一木，谢谢了！"洛桑对我们弯腰拜托。

动容！之前，同行中有人曾掐了一把薰衣草的，这时，悄悄把那草，在衣袖里藏了。

大自然教会我们的，唯有敬畏。

有阶梯下到谷底，曲曲折折。老远就听到水声咆哮，不息不止，哗哗哗，哗哗哗。如万马奔腾，这边那边，震耳欲聋。

阶梯陡而窄，却不见拥挤，大家互相谦让着走。下到一个曲折处，再下到一个曲折处，不知拐了多少的弯，突然有清凉扑身，白花花的水影子在眼前飞舞。大家惊叫欢呼，以为就到谷底了，岂料下面还有更深处，惊喜后面还有惊喜。

终于，一方平台呈现在眼前。那是一块天然巨石，仰卧着，有三四张方桌那么大。站平台上向下观去，峡底尽收眼底，水流越发湍急，中间横亘着一块礁石，霸道地把激流一劈为二。激流却不服输地偏要从礁石上过，勇士一样的，一排又一排，轰隆隆直奔过来。溅起的水花，白花朵般的，在礁石上硕大无朋地开着花。那些白花朵，经太阳光折射，变幻出万紫千红来。有的来不及开花，干脆"唰"一下，冲过礁石去，作激流奔涌。

我们屏了呼吸，静静注视着眼前的一切。一边是自然界千万年的欢唱，一边是人生匆匆足迹，似梦，非梦。突然理解了那个下跪的外国游客，大自然若此，让人还有什么话可说？唯有泪流！

我的目光，沿峡谷向上攀升，层峦叠嶂中，有细若游丝的一道白线，悬在半山腰。据说那是当年的茶马古道。当年，顽强的康巴汉子，用马驮着茶叶和药材，翻过一座座山，去换取外面世界的布匹和盐，披星戴月，风餐露宿。山路难走，何况，本就没有路？所以，一步一危险，常常出现人和马都齐齐翻下山崖的事，不知哭干多少倚门守望的卓玛的泪。就这样，他们硬是用马蹄，用脚，用生命，在岩石之上，踩出一条希望之路，蜿蜒于崇山峻岭中。千百年过去了，当年的康巴汉子，早已沉睡在历史的长河里，却把一种精神留下了，和山川河流一起，成为永恒。

叁

纳帕草甸又称纳帕海，三面环山，是香格里拉最大的草甸，也是香格里拉最具高原特色的草甸。由于纳帕海气候湿润，牧草生长比其他地区要快得多，每年五六月份，其他草原上的草，才冒嫩芽，它这里早已绿草如茵，层层起伏。有小花点缀其中，红红，黄黄，紫紫。一望无际铺开去，织锦一般的。远处，山与天齐。

我在黄昏时，踏上这片草地。夕照的光芒，碎金一样地倾倒在这片草地上，草地变得华美无比。

来的路上，我的想象里，这里应该牛羊成群，牛们羊们，都安静在草地上，幸福地吃着草。事实上，不是，搭眼望去，辽阔的草地上，少有牛群和羊群的影。各地蜂拥而来的游客，霸占了草地。马蹄声"嗒""嗒""嗒"，远远近近，他们在草甸上遛马玩。马是驯养有素的马，温良谦恭得不得了，一个个低眉顺目着，沿着既定的路线，舒缓地走——那里，早就被它们的马蹄，踩出无数条弯弯曲曲的小道。远望去，像草地上卧着的一道道伤疤，触目惊心。

当地牧民游说我们骑马，说："十块钱可以遛一圈呀。"我的同伴，兴冲冲跨上一匹枣红色的马，她是第一次骑马，兴奋得"得锵锵"。她问我："你玩不？"我看了一眼那匹马，那匹马刚好也在看我，眼睛温良得让我不忍对视。我不知道，马若会说话，它此刻会说什么呢？它本应扬鬃驰骋的岁月，却只能如此被消耗着，几多无奈，几多委屈，一天天，一月月。

我摇头，我说我就随便看看，你玩吧。同伴一拉缰绳，马跑了开去，听得她的惊叫声与笑声，渐渐远去。

几个藏族小孩不知何时跑到我身边来。他们穿着花花绿绿的藏袍，戴着帽檐翻卷的藏帽，黑黑的脸上，嵌着一双灵活的眼。最大的不过八九岁，最小的只有三四岁。他们有的牵着羊，有的抱着小羊羔，商量好了似的，一齐仰着小脸，对我要求道："阿姨，和小羊拍张合影吧，我们的小羊可听话了，一块钱，随你怎么拍。"

我抚抚他们黑黑的小脸蛋，问："怎么汉语说得这么流利呀？"他们很骄傲，说："我们老师教的，我们的老师，是丽江的，我们在学校学汉语。"

为首的那个小男孩，怕我不信，他用指头，在泥地上画了两个字给我看，"阿姨，这叫'人'对不对？这是'羊'对不对？"他抬头问我，神情颇得意。

地上歪歪扭扭的字，一个正是"人"，一个正是"羊"。

我赞许了他。他高兴地说："那么，阿姨，你和我们的小羊拍张合影吧。"

我说："好，我们一起拍吧。"他们立即摆好姿势，在镜头前显得十分老练。牵在他们手里的羊却不肯配合，老想开溜，被他们一把攥住，他们对羊说："拍完照再走，拍完照再走。"

我给了他们十块钱。他们欢天喜地，一个劲地说："谢谢阿姨。"转身，他们又跑到其他游客身边去了，几只羊，不情不愿地跟着去了。

我有些惆怅。我站在草甸边，望远处的山，我很想知道，那里的平静与单纯，是否也被打破。

肆

从中甸向北，草原连着草原。草原尽头，群山连绵，而在群山之中，坐落着一座庞大的古建筑，这便是云南规模最大的藏传佛教寺院——松赞林寺，又称归化寺。始建于公元1674年。传说达赖喇嘛在为该寺选址时，曾占卜，得到神示："林木深幽现清泉，天降金鹜戏其间。"寺院建成后，寺内果真有清泉淙淙，春夏不溢，秋冬不涸，并能常见一对金鹜出入。

扎仓、吉康两大主寺是全寺的统领，建于山坡之上，坐北朝南，为五层藏式雕楼建筑。殿宇屋角走兽飞檐，又具汉族寺庙建筑风格。左右墙壁为藏经"万卷橱"，正殿前座供奉有五世达赖铜像，其后排列着著名高僧的遗体灵塔。下层大殿有108根柱楹，代表佛家吉祥数。又有解说，人生有108种苦难。我喜欢后一种说法。

不时有僧侣，进进去去，都是庄严肃穆的。我产生奇想，以为这里，会住着中世纪受难的王子，上天垂怜，终于让他得见天日。洛桑却突然神秘地指着一个正在礼佛的僧侣告诉我们，那人是他家的邻居，俗名原叫仁吉的。言语之间，是颇多艳羡，颇多自豪的。原来，在藏人心中，出家向佛，是无比崇高且荣耀的一件事。

游人们都涌到山坡上的转经筒那儿，跟在两个僧侣后面，以手抚筒，转啊转啊，一圈又一圈。烦忧转走了，苦难转走了，不幸转走了，每个人都转得喜笑颜开的。

梵音从山下飘上来，梵音从山上落下去，如天籁。我一时竟如同被魔咒镇住，动弹不得，只出神地听。太阳是透明的，仿佛把整个天地，罩在一个透明的玻璃球里。站在山顶上俯望，这座叫松赞林寺的建筑群尽收眼底，犹如中世纪的古城堡，金光闪烁。屋顶上的鎏金铜瓦，更是熠熠放光。佛家慈悲，万千众生，如同新生。

伍

夜，在迪庆住下来。洛桑问我们要不要去藏民家看看。有人赞同，有人不赞同。最后，赞同的占了大多数，每人另交60元。我因头痛，想在旅馆休息。同伴劝："难得来一趟呀，去看看吧。"于是，去了。

旅游车一直开到藏民家门口，早有藏人在门口迎着，穿着节日盛装，端着酒杯，唱着歌，给游客敬酒、献哈达。我们脖上挂着洁白的哈达，合掌还了礼。上楼，穿过一间挂满民族服饰的房子，转身进入一个大厅。大厅四壁，全挂着织毯一样的壁画，当然那不是织毯，而是藏人的宗教，色彩艳丽。游客们在大厅里一排一排坐下，面前的长条桌上，已摆着倒好的酥油茶，还有青稞面。游客可以边喝酥油茶，边学做奶酪。

洛桑之前跟我们深情地说起酥油茶的好喝，奶酪的好吃。他说，酥油茶不但解渴，还解饥，藏人每天必喝上几大碗。藏人远行，随身必携带着青稞面，走哪儿，只要弄上一捧水，揉进青稞面里，就是世上最美味的奶酪了。他们靠这个，走遍万水千山。

我喝一口酥油茶，有些怪怪的腥味，不习惯。看其他人，他们也都兴冲冲端起碗，喝上一口，再无继续。倒是学做奶酪，都学得兴趣盎然的。一块面，在手上左搓右揉，最后成一坨，扁不扁圆不圆的。问洛桑："这就是奶酪？"洛桑惊讶地夸："你做得真像。"他抓起一块咬，在嘴里咀嚼，满是滋味的。我们也学他大咬一口，说不上是酸还是甜，总之，味道也是很怪的。看来，别人的美味，未必就是你的。

有吃烤乳猪的、烤全羊的。火铁架子就架在我们旁边，火苗儿一蹿老高，肉香味弥漫了整个屋子。看藏舞，听藏歌，藏人的舞蹈，自不必说，无论男女，无论老少，浑身的每个细胞，仿佛都在舞蹈。歌喉也都是一顶一的，特别是一个六七十岁的老妇人，她甫一亮歌喉，立即赢得一屋的掌声。那声音太特别了，如金属相扣，每一个音符，都被她唱得光芒四射。一屋的人，把地板跺得"咚咚咚"，齐声说着："扎西德勒(吉祥如意)！"声震屋宇。

外面不知什么时候，微微飘起了小雨，但人们兴致不减，涌到外面，跟在藏人后面，学跳篝火舞。胳膊挥起来，腿子踢起来，一圈一圈。大家手拉手，认识的，不认识的，这个时候，所有的欢乐，汇成一堆篝火，不分彼此，不分来处，一齐熊熊燃烧。一直持续到夜深，众人才恋恋不舍告别藏人家，回到旅馆。

在宾馆大堂，洛桑千叮万嘱一些注意事项：不能一个人到街上乱逛，防止出意外；不能在卫生间洗澡时间太长，高原气候干燥，被子上最好洒点水。我的太阳穴两边疼得厉害，只想早早把自己丢到床上去，他那边话未完，我已往房间冲去。

真的到了床上，却难以入睡。我睁眼打量四周，一面白墙壁上，挂一颜色鲜艳的织物，底色是杂染的靛蓝色，上有繁杂图案，日啊月啊羊啊什么的，充满神秘。看不懂，却觉得和谐安详。我想，这大概就是藏人追求的世界，所谓天堂，应是一切生命安于自己的生命，彼此尊重，亲密共处。

外面的天，黑魆魆的，天空匍匐在大地上。整个香格里拉渐渐进入沉睡中，偶有一两声藏獒的吠声，沉沉地传过来，空旷，辽远，苍苍茫茫。

沙城的春天

我从南方，一路花红柳绿旖旎着过来，突然一脚踩到沙城的土地上，有好大一会儿，我是不大回得过神来的。

沙城，塞北的一座小镇，隶属怀来县。初见它，我的脑子里蹦出这样两句诗来：江南有桂枝，塞北无萱草。关山万里，风沙漫漫，人类的足迹，好多的，早被掩埋得深深。沙城人只知道，他们的前身，是个叫雷家堡的小村子，不过二三十户人家，过着清贫俭朴与世无争的日子。明正统十四年，明英宗御驾亲征瓦剌，兵败退至这里，被瓦剌军追上，明军全军覆没，血染沙场，史称"土木堡之战"。这之后，明政府为巩固边防，开始在这里修建城堡，起名沙堡子。后陆续建成东堡、中堡、西堡，改称沙城堡。

风大。我就没见识过春天也会刮这么大的风，吹得我脖子上的围巾都快系不住了。接待我的沙城四中的陈校长说，今天的风还小很多了呢，昨天傍晚那风刮的，人走在外面，两腿交叉打战。他说着说着，就憨笑起来。对这风，他们日日相见，早已融入生命中，包容里，竟有了宠溺的意思。

问他，这沙城，可是用沙子做成的城堡？他听了，"呵呵"笑起来，答，它还真离不开沙子的。盆地入口，周围皆山，风灌进来，沙子也就跟着进来了。

那你们岂不是一年四季都吃着风沙？

啊，反正是离不开沙子的。

我听着吃惊，可他的脸上，却波平浪静着。隐隐的笑意里，似有沙子粒粒，质朴得很旷古。

沙城的春天，来得慢。江南的花早已沸沸开过，这里的树木，大多数还睡眼惺忪纹丝不动着。我去街上寻春，小广场上有老年人在舞剑，红衣红裤，活力四射。有年轻妈妈推着童车，一边缓慢散步，一边教童车里的小孩子唱儿歌："小燕子，穿花衣，年年春天来这里。"我听着笑了，抬头，天空中有鸟飞过，黑色的剪影，像一枚黑花朵。

问陈校长，你们这里的春天，都长些什么？

这个憨厚的塞北男人，笑笑地看着我，坦然说，不长什么。旋即他又补充道，春天我们这里还真没啥。到夏天就好了，夏天我们有葡萄，成万亩的葡萄园。我们地处盆地，气候独特，所产的牛奶葡萄、龙眼葡萄赫赫有名。我们已有八百多年种植葡萄的历史了。我们的葡萄酒更是出名，好喝，是国家定点的高档葡萄酒生产基地。你们喝到的高档葡萄酒，十有八九，都是我们这儿生产的。

哦，我不住点头。我看到一个盎然的春天，在他脸上荡漾。

后来，我到四中讲座，见识了比春天还春天的老师和孩子。一张张葵花般的笑脸，朝着我，饱满着。我讲座完了，孩子们蜂拥上来跟我拥抱，他们说，老师，我们喜欢您，喜欢您的讲座，谢谢您！老师，您辛苦了！

　　我要走了，在办公楼的大厅里，正跟几个老师话别，两个小男生突然跑到我跟前，说，老师，您等等我们好吗，我们有礼物要送给您。说完，他们急急地转身就跑，一会儿之后，他们气喘吁吁站定我跟前，两张红扑扑的小脸蛋上，渗着细密的小汗珠。他们看着我，不好意思地笑，从校服口袋里，各掏出一盒鲜奶，塞到我手上。

　　我们住在学校里，也没什么好东西送您，这个，您喝。

　　您一定要喝呀。他们晶亮的眼睛，盯着我，生怕我不答应。在得到我肯定会喝的许诺后，他们开心地笑了，冲我一鞠躬，谢谢老师！然后，像小燕子似的，飞走了。

　　这是他们第二天的早餐奶，是他们能拿得出的最珍贵的东西，他们把它送给了我。我紧紧握着那两盒鲜奶，我把沙城最好的春天，握在手里了。

槐花深一寸

槐花开的时候，我抽了空去看。人生的旅途说长也长，说短也短，我们能相遇到的花期也有限，我不想错过每一场花开。

槐花也属乡野之花。它比桃花、梨花更与人亲，那是因为它心怀甜蜜。花开时节，空气中密布它的香甜，让你不容忽视。于是乡下孩子的乐事里，就有这么一件，爬上树去摘槐花。那也是极盛大的场景，树上开着槐花，地上掉着槐花，小孩的脖子上、肩上落着槐花，口袋里，还塞着一串串白。随便摘取一朵，放嘴里品咂，甜啊，糖一样的甜。巧妇会做槐花饼、槐花糖。吃得人打嘴不丢。家里养的羊，那些日子也有了嘴福，把槐花当正餐吃的。

我来赏的这树槐花，在小城的河边。小城新辟了沿河观光带，这棵槐，被当作一景从他处移植过来。其他树种众多，独独它，只一棵。《周礼·秋官》中记载：周代宫廷外种有三棵槐树，三公朝见天子时，分别站在那三棵槐树下。周代的槐，有崇敬的意思在里面。槐又通"怀"，是怀想与守望。我瞎想，我们小城移来这棵槐，是把它当作镇城之树的吧。

傍晚时分，光的影，渐渐散去。黑暗是渐渐加深的，及至一树的白，也没在黑里头。天便完全黑下来了。这时候，赏花变得纯粹，周遭的黑暗做了底子，槐花的白，跳跃出来，是黑布上绣白花。

仰头望向那树白，心莫名被一种情绪填得满满的。说不清那情绪到底是什么。那一刻，时间停顿，风不吹，云不走，仿佛什么都想了，什么都没有想。这是人生的态度，我更愿意把它理解为本能，是由不得你的。

微笑。想起那首出名的山西民歌《我望槐花几时开》。歌里唱："高高山上一树槐／手把栏杆望郎来／娘问女儿你望啥子／我望槐花几时开……"盼郎来的女儿家，心焦焦却偏不承认，偏把相思推给无辜的槐花："哎呀呀，槐花槐花，你咋还没有开？"这里的槐花，浸染上人间情思，惹人爱怜。

一对老夫妻，晚饭后出来散步。他们唠嗑的声音，隐约传来，如虫子在鸣唱。他们走过我身边，奇怪地看看我，并没有停下他们的脚步。却在离我有一段距离后，一个问："人家在看什么呢？"一个答："看槐花呗。"一个说："哦，槐花开了呀。"一个笑答："是啊，开了。"他们的声音，渐渐融入夜色里，融入槐花的甜里去，直至无痕。

我喜欢这样的一问一答，不落空，相依为命。我愿意，老了时，也有这样一个人陪在我身边，听我说一些可有可无的话，然后一一应答。这是最凡俗的，而又是最接近幸福的。

风吹，有花落下来。我捡一串攥手心里，清凉的感觉，在掌中弥漫。白居易写槐花："薄暮宅门前，槐花深一寸。"我以为这是花落景象。古人尚不知花可吃，或者，知可吃而不吃，是为惜花。他们任由槐花自开自落，一径落下去，在地上铺了足有一寸深的白。真是奢侈了那一方土地，埋了那么多香甜的魂。

　　春天，满校园的花开得扑棱棱的时候，我问了学生一个问题：有谁能说出，我们这个校园内，到底有多少种花在开？

　　学生们面面相觑，答不上来。

　　我说，知道西阶梯教室后，有三棵榆叶梅吗？现在，开了满树粉红的花。知道教学楼旁有两棵结香吗？淡黄的花，早已缀满枝头。知道办公楼前的草坪旁，鸢尾花已打出一个个花苞苞吗？还有小径两边的夹竹桃，饭堂门口的月季和虞美人，花开得红红白白，烂漫成一片。图书馆后的两棵小樱桃树，开的花，则是淡粉的。金钟花也已撑开一朵一朵金黄，小酒盅似的……

　　学生们惊奇地睁大眼看着我，他们日日从花边过，却不见花。从来不知，身边原来有这么多的花，在默默开。

　　忽略与漠视，已成了我们生活的常态。我们总是忽略眼前的好，像猫一样的，追着风跑，以为远方才有我们所要的美好，而让四季的风景，从身边白白错过。等我们回头想再抓住时，那些风景，已成隔岸。我们只能慨叹一声，回不去了。

是的，回不去了。被我们错过的人，被我们错过的事，也便成了生命中永远的遗憾。

朋友Y，中学校长，风华正茂，却患上绝症。平日里他工作起来像玩命，节奏紧张得呼吸都难。我们几个朋友聚，约他，他很少能到场。一句话，忙，忙得走不开。改天吧，改天我请你们一起钓鱼去，每次他都这样说，却从不曾兑现过。生命无多的日子里，他被人搀扶着在医院的小院子里散步，身子软塌塌的，每走一步，都成艰难。劝他躺下歇歇，他硬要坚持，他说，要锻炼的，不锻炼身体怎么能好呢？等我身体好了，我一定要请你们几个去钓鱼的，我都约你们好几回了。

最后的时光，他就这么向往着：一竿在手，柳树下坐着，日头长长的，俗世的纷繁全抛开去了，他有闲云野鹤般的快乐。这份快乐，在他，终究没能实现。

朋友S，报社记者，喜酒，喜热闹，喜交朋友。成日在外奔波采访，五光十色，觥筹交错。劝他，别喝那么多酒啊。他拍拍胸脯说，没事，我身体棒着呢。是棒，魁梧高大的身材，走路风一样的。可这样的人，也是说倒下就倒下了。胃癌，晚期。临去世前，我去看他，他已不怎么能开口说话了。不过两个月的时间，他一张饱满的脸，已瘦成一张纸。他留恋地看着站在床边的五岁小女儿，轻轻呼着气说，真想和女儿一起去公园荡秋千啊，我答应过她很多回呢，怕是不能了。

清风飞扬，天伦之乐，这样易得的幸福，在他，已成遥不可及。

曾读过一封来自地震废墟下的信，是一个年轻人写给母亲的。地震来时，年轻人正在他的办公室里办公，一下子被倒塌的房屋压在下面。当他意识到生命的时钟，已进入倒计时时，他想起母亲。平日因工作忙，他总疏于跟母亲沟通，忽略母亲太多太多。他摸索着在纸上写下他的心声：妈妈，此刻，我真想抱抱你啊。如果我能活着出去，妈妈，我要陪你坐在客厅里聊天，不再嫌你烦。我要跟你学做菜，让你也吃上一口我烧的菜。我还要带你去旅游，我们一年去一个地方，你说好不好？地方由你来挑。

当人生余下的时间不多时，我们才猛然警醒：有些事，还没来得及做。有些人，还没来得及爱。我们总以为可以等等，再等等，一转眼，却物非人也非。

活着的最好态度，原不是马不停蹄一路飞奔，而是不辜负。不辜负身边每一场花开，不辜负身边一点一滴的拥有，用心地去欣赏，去热爱，去感恩。每时，每刻。

秋天，街旁出现了那对卖炒货的山东老夫妇的身影。

他们身后的小棚屋，已关了一个夏天了。

我欢喜地跑过去。

每年秋天，我们都要这么欢喜地相见。

老夫妇俩看见跑过去的我，远远就叫起来，会员卡，会员卡。一个夏天不见，他们见到我，也是格外的亲。

关于这会员卡的叫法，是有来头的。我起初经常跑去问他们买瓜子，去的次数多了，就跟他们开玩笑，我说，快给我办会员卡，下次我再来买，要打折哦。从此，他们就叫我会员卡了。

老头儿说话不多，只是沉默着做事。他在一口大锅里翻炒着花生、瓜子等炒货，袖子卷得高高的，胳膊上暴出的青筋，跟小蚯蚓似的。虽说现在都有机器炒了，滚筒一转，眨眼工夫就炒好了，可他们还是坚持用这种传统的炒法。这样炒出来的才香，他们固执地说。

我信。这么信着的人还真不少，到他们炒货摊买炒货的，回头客多。即便他们比别家卖的要贵上一两块钱，也没人介意。手工的嘛！那是留着人的体温和情意的。

老妇人有一只眼睛装的是义眼，看人时，那只眼球瞪着，一动不动。

我上街，如果有空闲，爱跑去他们摊子上，帮他们卖卖瓜子，跟他们聊聊天。有一次，聊着聊着，也就聊到老妇人的这只眼睛。

哎呀，那是跑路跑快了磕的，磕的嘛。她说起这只眼睛来，是笑着的。好似小孩子做了一件错事，不好意思得很，曾经的痛楚，并不装在心上。

当年，因家里生活艰难，他们拖儿带女，跑到这异乡来卖炒货糊口。这一出来，就是四十来年。那时，他们的娃，不过才板凳高。

现在，我的孙子都快娶媳妇了。老妇人一边比画着，一边说，心满意足的。老头儿偶尔抬头看她一眼，笑笑的。

我儿子在无锡买了房，我女婿在扬州买了房，干的也是我们这行。

我侄子也干这一行，一家老小也都跟出来了。

他们也都买了房，小日子过得很不错哟。

老妇人絮絮地说到这儿，目光求证般地看着老头儿。老头儿就冲我点点头，证明她所言不虚。依然笑笑的。

我看着他们脸上的皱纹头上的白发，心里发热。尘世万千中，他们毫不起眼，卑微如尘，可是，却又坚韧如树。他们硬是凭着手里的一把铲子，一铲子一铲子养大儿女，把小小的炒货，做成家族事业。

我看一眼他们身后居住的小棚屋。那是一幢住家小楼旁边斜搭出来的两小间，石棉瓦盖顶，简陋得很。楼主人原先大概是用来放放杂物的，租给了他们。他们要在里面待一整个秋天，再一整个冬天，一直到明年夏天。夏天，炒货生意清淡，他们是要回老家去的，他们想家。

问他们，你们为什么不在这里买套房？买个小套也好，住着也舒服。

老妇人笑了，说，我们这样住着挺好，多年了，习惯了。

见我仍盯着她在看，她局促起来，说，我们是想回老家的。等再干不动这个了，我们是要回去的。

这里不好吗？你们在这里不是待了好多年吗？我问。

好，样样都好，比我们老家好。但我们还是要回老家的，麻雀还有个窝呢，我们的窝在老家，老妇人说。

反正，我们这把老骨头，是要埋在老家的，老头儿这时不紧不慢插上一句。

老妇人赞许地冲他看过去。他们对望一眼，一齐笑起来。

有顾客来买瓜子，他们招呼去了，一个称秤，一个收钱，配合默契。

我站在一边笑着看，看了一会儿，跟他们告别。他们愉快地冲我招手，会员卡，明天再来玩啊。我答应一声，心里高兴。我看见了活着的真姿态，那里面有努力，有坚守，有感恩，有知足，有坦然，还有一种，叫爱的东西。

Chapter

6

陌上花开

陌上花开

喜欢"陌上"二字，何况还配了花开。是清清丽丽一幅田园画卷，可慰相思。

有时你不定思念谁，就那么一颗心，无着落的。

突然地，一脚踏入陌上，相遇到一地花开。天与地，皆好。

好了，心归位了。你在那陌上徜徉，傻笑，只愿在那陌上睡过去。

一日一日，心被凡俗所累，你自己并不知觉。也只有把它放归自然，才能有真正的安宁和喜悦吧。

赏花，去陌上为最好。

不特意，不雕凿，不迎合，不曲意，率性而为，挥洒天真，涂抹烂漫。欢亦纯粹，悲亦纯粹。

他贵为君王，她昔日不过是个农家女。相遇，相惜，他的眼里，只剩下她一个。她回乡省亲，迟迟未归。他等得草都绿了，花都开好了。陌上行吟，抬头低头，鹅黄嫩绿间，竟都是她的影。思念泛滥，却不说相思。尺素之上，笔墨不多，点点滴滴，只是关照：

陌上花开，可缓缓归矣。

亲爱的人啊，那陌上花都已开好，良辰好景你不要错过了，你可以一路走，一路慢慢欣赏，不要急着归来呀。

他叫钱镠，五代十国时吴越国创建者。历史记住的，不是他的丰功伟绩，而是这样一段儿女私情，陌上花开，陌上花开。

情至陌上，情归自然。

那日，去赴一个笔会。

笔会的地点，我很陌生，在一个港口。

去往那里无直达车，需先到达某城，然后再中途转两次车。

我于午时抵达某城。马不停蹄地，又上了一辆破旧的中巴。

中巴车一路往城外开去，往乡下开去。像头毛驴似的，嗒嗒嗒，嗒嗒嗒，走走停停。不断上客，不断下客。

我也不急，一边听着不太懂的方言，一边赏车窗外的景。

春已走到好处了，山川河流，花草树木，无一不是盛世年华的好模样。村庄淹没其中，像镶了金滚了花边的城堡。

一老妇上得车来，指间夹一支烟，手指被熏得黄黄的。她刚一坐定，就咳嗽不已。然后对着一车人大着声说，我这是去看我叔叔啊，我都四十年没见到我叔叔了。她的话引来一片惊讶声，陌生人瞬间成了熟人，这个问，怎么四十年没见的？那个问，那你叔叔没去看过你吗？

老妇就讲开了她的故事，父母早亡，是这个叔叔养大了她。后来，她嫁到别处，生了五个儿子，养大，又各自帮他们娶媳妇，带孙子，她是一步也走不开的。

我叔叔八十岁啦，家里捎信来，说他要死啦，我这才来的，也不知能不能找到他住的那个地方了。她深吸一口烟，唠唠叨叨，这么多年没来喽，这么多年没来喽。

听的人唏嘘。也不知唏嘘个啥，只觉得眼睛里水水的。人世间有一种情，叫悲喜交集。丢不开呀，丢不开的。

我听得入迷，勾画着他们的从前。从前，她还是个小姑娘，她叔叔也还年轻着，他们在田间地头劳作。陌上人家，草绿花红。

车子开过头了，我才惊觉，说起那个港口，一车人都大吃一惊，说，哎呀，早过了呀。他们好心地要帮我拦一过路的拖拉机，我没让。

我下车，眼前是一个陌生的村庄，鸡犬相闻。农田一望无际，麦苗青，菜花黄。

我欢喜，倒忘了要去的地方，只管往那陌上去。陌上花开，陌上花开呀。荠菜花、蒲公英、乳丁草、枸杞子，一个一个，都像是从贾府里跑出来的小丫头，虽贱命一条，却都体面得很，也是绫罗绸缎穿着，光华闪烁。

组委会的人信息到了，急切询问我，你到了哪里？我居然，从容地回，我正停在一陌生的村庄，陌上花开，我在缓缓看。

天渐暗，当地人观察我很久了。终忍不住，有个中年男人上前相问，你找谁呀？

我说，我不找谁，我是要去某港口的。他想也没想，说，我送你。我笑了。他问，笑什么，我是说真的。我打量他一眼，我说，好啊。他就真的从家里开了辆车来，是辆小货车，帮人装水泥黄沙的，座位上落满白石灰。

他拍拍身边的座，不好意思说，有点脏，你不要嫌哦。

哦，怎么会。我笑着上车，一屁股坐下。

一路上，菜花夹道，我们随便聊着，东一句西一句的，像多年的老友。

目的地到了，我要给他钱。他死活不肯要。然后跟我挥挥手，笑笑，掉转车头，车很快开进一片花丛里。

这陌上相遇，是我一生中最奇异的相遇。它成了一朵不谢的花，一直开在我心头。

春风暖

春风是什么时候吹起来的？说不清。某天早晨，出门，迎面风来，少了冰凉，多了暖意。那风，似温柔的手掌，带了体温，抚在脸上，软软的。抚得人的心，很痒，恨不得生出藤蔓来，向着远方，蔓延开去，长叶，开花。

春风来了。

春风暖。一切的生命，都被春风抚得微醺。人家院墙上，安睡了一冬的枝枝条条，开始醒过来，身上爬满米粒般的绿。是蔷薇。那些绿，见风长，春风再一吹，全都饱满起来。用不了多久，就是满墙的绿意婆娑。

路边树上的鸟，多。啁啾出一派的明媚。自从严禁打鸟，城里来了不少鸟，麻雀自不必说，成群结队的。我还看见一只野鹦鹉，站在绿茸茸的枝头，朝着春风，昂着它小小的脑袋，一会儿变换一种腔调，唱歌。自鸣得意得不行。

卖花的出来了，拖着一拖车的"春天"。红的，白的，紫的，晃花人的眼。是瓜叶菊。是杜鹃。是三叶草。路人围过去，挑挑拣拣。很快，一人手里一盆"春天"，欢欢喜喜。

也见一个男人，弯了腰，认认真真地在挑花。挑了一盆红的，再挑一盆紫的，放到他的车篓里。刚性里，多了许多温柔，惹人喜欢。想他，该是个重情重义的人罢，对家人好，对朋友好，对这个世界好。

桥头，那些挑夫——我曾在寒风中看到他们，瑟缩着身子，脸上挂着愁苦，等着顾客前来。他们身旁放一副担子，还有铁锹等工具，专门帮人家挑黄沙，挑水泥，或者，清理垃圾。这会儿，他们都敞着怀，歇在桥头，一任春风往怀里钻，脸上笑眯眯的。他们身后，一排柳，翠绿。

看到柳，我想起那句著名的诗句："不知细叶谁裁出，二月春风似剪刀。"把春风比喻成剪刀，极形象。但我却以为，太犀利了，明晃晃的一把剪刀，"咔嚓"一下，什么就断了。与春风的温柔和体贴，离得太远。

还是喜欢那句，春风又绿江南岸。这里面，用了一个"绿"字，仿佛带了颜色的手掌，抚到哪里，哪里就绿了。《诗经》中有《采绿》篇章："终朝采绿，不盈一掬"，说的是盼夫不归的女子，在春风里，心不在焉地采着一种叫绿的植物，采了半天，还握不到一把。我感兴趣的是，那种植物，它居然叫绿。春风一吹，花就开了，花色深绿。这种植物的汁液，可作染料。我想，若是春风也作染料，它的主打色，应该是绿罢。

而在乡下，春风更像一个聪慧的丹青高手，泼墨挥毫，大气磅礴。一笔下去，麦子绿了。再一笔下去，菜花黄了。成波成浪。

　　我的父亲母亲呢？春风里，他们脱下笨笨的棉袄，换上轻便的衣裳。他们走过一片麦田，走过一片菜花地，衣袖上，沾着麦子的绿，菜花的黄。他们不看菜花，他们不以为菜花有什么看头，因为，他们日日与它相见，早已融入彼此的生命里，浑然大化。他们额上沁出细密的汗珠，他们说，天气暖起来了，该丢棉花种子了。春播秋收，是他们一生中，为之奋斗不懈的事。

且吟春踪

　　一直很喜欢古筝，觉得这种乐器真是奇特，轻轻一拨，就有空山路远的感觉。更何况，它配了优美的音乐来弹呢？那简直，是在人的心上装了弦，每弹拨一下，心，就跟着婉转一回。完全的不由自主。

　　听《且吟春踪》时，我就是这样的不能自抑。这是初春，阳光晒得人想打瞌睡。街上有了卖花的人，是一种九叶菊，满天星一样的小花儿，缀满泥盆。下面的叶，都看不见了，只看到那锦帕一样的一团碎花。卖花人不叫卖，只管笑吟吟立在一盆一盆的花边，看南来北往的人。脸上有春光荡漾。

　　我笑看着这一切。远方的朋友突然打来电话，他说，春天呢。我笑回，是的，春天呢。他说，给你首有关春的乐曲听。于是，他发来这首《且吟春踪》。在我打开之前，他介绍，这是一首佛乐。

打开的手，就有些迟疑。因为佛乐在我的感觉里，不好听，是重重复复念着南無阿弥陀佛的，念得人的心，很苍老。朋友却强调，这首不一样，绝对不一样，它把古筝的清丽幽远和佛的禅意完美结合在一起了。

我将信将疑地打开，立时就被吸引住了。空灵的音乐，加上古筝的绝响，恰似一股清泉，曲折而下，渐渐淹没了我的人，淹没了我的屋子。又似旷野里一捧夜色，把人温柔地沦陷，是地老天荒哪。有一刹那，我不能言语，世上怎会有如此美妙的音乐？它美得让人想落泪。

整首曲子，舒缓潺湲，纤尘不染。是在那高高的山上，流云和青山嬉戏，风吹来花的香。是在那古刹之中，檐角挂着小铃铛，一下一下地，发出清脆的丁零声。有鸟飞过屋顶，成双成对。落光叶的树上，开始长毛毛了，枝条舒展，柔软。远处人家，有鸡在草丛中觅食。蜜蜂该出来了吧？种子在地里欢唱。阳光，如佛光一样地，剔透耀眼。

乐曲不疾不徐，轻轻流淌。似清风，翻开一页一页的书，一页有流水叮咚，一页有窗前好春色。佛前的青莲，在轻弹慢拨之中开了花。那些长夜的祷求，为的什么呢？六根未净，苦海无边，但，终有一天，心，会净化得一尘不染。再厚的重帷，亦挡不住春光。

忽然想起有一年在无锡的锡山，在山上的凉亭里，看到有女子着古装，低眉敛目，在那儿续续弹。弹的就是古筝，叮叮咚咚。她的背后，一抹青山，静谧而安详，仿佛永生永世。那景，美得像梦，让人瞬即忘了，山脚下，原还有个尘世的。

亦想起，英国诗人蓝德写的诗来："我和谁也不争，和谁争我都不屑；我爱大自然，其次就是艺术；我双手烤着，生命之火取暖；火萎了，我也准备走了。"人世中的纷争，原是轻若烟尘的，能够永恒的，只有山川河流，日月星辉。乐曲继续舒扬，阳光正好。空气中，满是春天的味道，清新、恬淡。心，在乐曲的潺湲里，慢慢靠近禅，无求无欲。屋后累积了一冬的冰，开始消融了，听见草长的声音。亦听见，绿们正整装待发，只待一夜春风起，便染它个江山绿透。

仲秋

天气凉了。

是从一缕风开始凉的。是从一滴露开始凉的。

太阳渐渐南移。正午的时候，太阳从南边的窗口，探进屋内来，在一盆绿萝上逗留。绿萝不解风情，它不分季节地兀自绿着。

桂花的香气在深处。在一个幽深的庭院里，或是，在一排粗壮高大的银杏树后面。自然的生命，各以各的本事存活。譬如这桂花吧，容貌实在算不得出色，细密密的，碎粉儿似的，极易被人忽略。它许是知道自己的平淡，于是蓄了劲似的另辟路径，把一颗心都染香了，让你想不记住它也难。

银杏的叶，偏偏像花朵。一树的叶，远观去，不得了了，像开了一树金黄的花，把半角天空，都染得金黄。它是历经大富大贵的女子，活到七老八十了，还端着骨子里的优雅——纵使转身，亦是华丽的。仲秋的天，因它，平增一份明艳。

人家的扁豆花，这个时候开得最好了。我上班的路上，有户人家，在屋旁长了扁豆。那蓬扁豆很有能耐地，顺着墙根，爬上墙，爬上屋顶，最后，竟一占天下。屋顶上的青瓦看不见了，全被它的枝叶藤蔓，覆盖得严严实实。紫色的小花，一串一串，糖葫芦似的，在屋顶上笑得甜蜜。小屋成了扁豆花的小屋。我路过，忍不住看上一眼。走远了，再掉过头去，补上一眼。那会儿，我总要惊奇于一粒种子的神奇，它当初，不过是一粒小小的种子。

路边梧桐树上的叶，开始掉落。一片，一片，像安静的鸟——秋叶静美。有小女孩在树下捡梧桐叶，捡一片，拿手上端详。再捡一片，拿手上端详。后来，她举着梧桐叶，跳着奔向不远处的她的母亲。那位年轻的妈妈，正被一个熟人拽住在说话。小女孩叫，妈妈妈妈。年轻的妈妈答应着，赶紧回头，对小女孩俯下身去，一脸的温柔。小女孩举着她捡到的梧桐叶问妈妈，妈妈，这像不像小扇子？

我为之暗暗叫绝。再也找不到比这更可爱的比喻了，满地的梧桐叶，原是满地的小扇子啊。孩子的眼睛里，住着童话。

屋旁的陈奶奶，在一个旧瓷盆里捣鼓。黄昏，在她身上拉上一条一条的金丝银线，她雍容得让我发愣。我问，陈奶奶你做什么呢？她说，种点葱呢。我的眼前，就有了一瓷盆的青葱，嫩得掐得出水来的葱啊。有满盆的葱绿，在秋风里荡漾，又何惧凋落？生命的承接，总是你来我往，无有间断。

月，也就圆了。

圆圆的月，升上中天，清辉得有点像，青衫年少的时光。惹得人对着它，多发了几回呆。夜露重了，回房睡吧。白日里晒过太阳的被子，轻软得像一个梦，我把自己裹进去，舒舒服服地叹上一口气。

夜里，忽然醒来。哪里的蝉，叫声切切，声音叠着声音，好像在说，我要走了，我要走了。告别的场景，竟不是惆怅的，而是热闹的。是一场盛宴后，相约了再见。

有缘的，总会再见的。

红沙满桂香

这时节，总免不了要对桂花絮叨几句。

它是那么顽皮，又是那么莽撞，如装着满肚子好奇的稚气小童，跌跌绊绊地奔着、跑着，总是趁人不注意，偷袭于人，扰了人的心思。人在花香里愣神。也仅仅是稍一愣神，立即明了，哦，是桂花开了。

香，是它特有的香。无论是在烟雨朦胧的江南，还是在苍翠笼罩的秦岭，那香，是不改一丁点的。万千花木之中，你只要轻轻一嗅鼻子，就能轻易地辨认出它来。像熟悉得不能再熟悉的人，纵使久别，你也能在纷繁芜杂中，循着它的气息而去。

嗅，使劲嗅——是恨不得拖住身边走过的每一个人，让他们也闻闻这桂花香的。终有人觉着了不寻常，前行的脚步慢下来，左右巡视，脸上有笑意浮起，似自语，又似对你说："桂花开了呢。"

你回他一个笑。陌生的相逢，有时会因这点点花香，濡了心，在一瞬间达成默契。说什么都是多余的，那么，就笑笑吧，都懂的。

这时的桂花，也还是试探式的，枝头上爆出三五朵，像偷跑出门来的孩子，藏了香，这里洒一点儿，那里洒一点儿，它却躲在一边偷偷笑，就看众人的反应了。等大家终于觉悟起来，四处寻觅，欢喜地说："啊，是桂花啊。"它便再也按捺不住，飞跑出来，就差大着声叫了："对啊对啊，是我啊，我在这里啊！"一树的花朵，都被它唤醒了。大伙儿争先恐后提着香出来，到处泼，于是乎，角角落落，便都是它的香了。

这之后的大半个秋天，你总能不期然地遇到它。是在露水暗落的晚上，你走着走着，就被浓烈的香牵了脚步。你停下来，任花香围绕着你跳舞。忍不住想，露水用它调制成酒，给谁饮呢？是给秋虫吧。草丛里，秋虫们叫声缠绵，是喝醉了；是给秋风吧。秋风走得东倒西歪，吹起的每一缕里，都喷着香，是喝醉了；是给秋月吧。秋月眯着眼，脸上起了红晕，是喝醉了。你也仿佛醉了，一个晚上，你都异常高兴，看见谁都傻笑，性情温和得不得了。

也在微雨中，会碰到它。这个时候，它化作滴滴香雨，落在你的眉上、发上、肩上，落在你的心里。你静静立着，感受着这份静美。多少年了，生命中走失过多少的人和事，再不相见。唯它，年年如期而至，从不背弃，亦不爽约。你很感动，生命中终有赤诚可信。

朋友心情不好，婚姻遇阻，像一道过不去的坎。你约她出来，于夜色中漫步。也不多说什么，有时，默默地陪伴，便是最好的慰藉。你们绕着街心公园一遍一遍走，突然，步子就乱了，是桂花的香惹乱的。你们上上下下一顿好找，却发现，它就在身边，那些做成矮墙的绿树，原来是被修剪过的桂花树，上面密布着小黄米似的花朵。

你摘一些碎花放朋友掌心，任她握着。回到家后，你接到朋友的电话，她说，手上全是香呢。我会好好的，你放心。

你笑了。你自然放心了，有这样的好香可闻，当是不会轻易浪费生命。突然想起李贺的《大堤曲》来，开首就染着浓郁的桂花香："妾家住横塘，红沙满桂香。"你实在被诗里女子的俏皮逗乐了，又是顶羡慕她的，多好啊，青春妙龄，明眸皓齿，怀着爱的情意，伫立在秋风中，一袭红衣，满袖都拢着桂花香。

一支疏影待人来

一枝疏影待人来，是写梅的，寒梅。

寒冬的天，下过一场雪了吧？应该是。

雪映梅花。梅花照雪。两两相望，都是直往心里去了的。

视觉与味觉在纠缠。白，再也白不过雪。香，再也香不过寒梅。

雪没有什么人要等。

它是无拘无束自由身，想飘到哪里，就飘到哪里。想在哪里落脚，就在哪里落脚。它有本事在一夕之间，让整个世界彻底变了模样，银装素裹，别无杂色，只剩它一统天下。——雪是很有能耐闹腾的。

寒梅却静，天性使然。说它是谦谦君子，又不太像，它不讷于言，也不敏于行。

作为一棵树，寒梅是早已认命了的罢。被人栽在哪里，哪里就是它的一生之所，它再也挪动不了一步。——除非它是南美洲的卷柏。

卷柏是会追着水走的。当卷柏在一个地方待得不耐烦了，觉得土壤再不能给它提供好吃好喝的了，它会拔脚就走。让身体蜷缩成一个圆球，滚呀滚呀，直到滚到它满意的地方为止。卷柏有点泼皮无赖的样子，你待它再好，它也能一刀斩断情缘，不留恋，不叹息，连稍许的回头，也没有的。

寒梅做不到。寒梅传统得近乎固执，它独守着它的家园，直到老死，直到化成灰，也不会更改一点点。

寒梅心里能做的梦，也只是，在最好的年华，等着你来与它相遇。

它只能等。它的生，就是为了等。

百花肃杀之后，它登场。这是寒梅的小聪慧。要不然又能怎样呢？百花之中，它算不得出色的。貌相实在平淡，牡丹、芍药、荷花和秋菊，哪个都比它张扬。即便是香到骨子里了，也还有桂花呢，还有茉莉呢，还有栀子呢。

天寒地冻里，百花让位，它才是独香一枝，貌压群芳。

这该积蓄多大的勇气啊！为了博你流连，它拼上它的全部了。你惊讶于它的顽强，用冰清玉洁等词来赞美它，你却看不到，它的心也冷成一团的呀。寒气刀子似的，割着它的每一丝肌肤，它竭力装着若无其事，端出一脸的好模样，笑着。开呀，开呀，把心也全给打开来。

且香，且媚。且媚，且香。一生的好年华，原也经不起等的，风一吹，就要谢了呀。

心里真急，亲爱的，你来，你快来呀，你怎么还不来！

世界那么辽阔，花香那么寂静。是深宫女子，待宠幸。

有人说，凡尘里最大的不幸，是相遇之后被辜负。寒梅却说，不，不，是没有相遇，就被遗忘。连梦，也做不得。连回忆，也没有一点点。这才叫残忍。

淡的月光，给它描上象牙白的影。它是二八俏佳人。它等，它等呀等，等你来。有时会等到。有时等不到。生命原本就是一场寂然，这也是没办法的事。

然，可不可以这样理解，它在等你的时候，你其实早已在寻它。溯游从之，宛在水中央。——你不过走慢了那么一小步，它在它的生命里，已完成了最美的绽放。你眼睁睁错过了，是怎生的后悔莫及，你不想辜负的呀，不想，不想呀。

就像小时，你盼娶新娘，有热闹可看，有喜糖可吃。是那样的喜洋洋，世上的好，仿佛都聚在那一时、那一刻了。偏着你们那里的风俗，娶新娘都在夜里进行。你等了又等，最后实在困得不行，你上床了。临睡前，再三跟大人说，到时记得叫醒我啊。

一觉醒来，天已大亮，人家的热闹早过，门前一地的鞭炮红屑屑。新娘子的红盖头早掀过了，新娘子亦已换上家常的衣裳，客走人散。你跺脚大哭，哭得委屈死了。他们不等你，他们竟然自己就热闹过了。你为此遗憾伤心了好些年。

一壶春水漫桃花

　　三月里桃花开。所以一进三月，我嘴里就一直念念着，看桃花去吧，看桃花去吧。

　　哪里看去？自然是乡下。乡下的桃花，是追着春风开的。那会儿，桃树上的叶还未长全呢，花朵儿却迫不及待地，一朵挨着一朵开了。呼啦啦，是一树花满头。小脸儿粉粉的，红晕浸染。如情窦初开的女子。

　　树不是特意栽种，像风丢过来的种子，河边或屋后，就那么随意地长着一两棵。普通得不能再普通。却不防，一朝花开，惹来满场惊艳：呀，原来不是乡下小姑娘啊，是仙子落凡尘的。

　　记忆里，有桃花点点，在小院里，还有屋后。花开得好的时候，褐黑的茅草屋，也被映得水粉水粉的，有了许多妩媚在里头。只是那时年少，玩性大，飞奔的脚步，哪肯停下来好好欣赏桃花？

根本不知道花什么时候开的，又什么时候落了，就那样辜负了大好春光。现在想想，那时丢掉的何止是大好春光？总以为有挥霍不尽的好光阴，哪知青春变白首，也不过是一下子的事。

读大学时，许多女生曾结伴去看桃花，浩浩荡荡。郊外有桃园，花盛开的时候，是浅粉的海洋。一车子全是女生，叽叽喳喳着。等到跳进那花的海洋里，全都变成一朵朵桃花了。粉色的心，唯春风怜惜。

在花树下欢跳着东奔西跑，不期然的，遇到本班一个男生。那男生的目光一直尾随着一个女生，痴痴的。他是爱她的。他看她的目光，就有了千朵万朵桃花在漾。她却毫不知觉，只管在一树一树的花下穿行、欢叫。我在一旁看得感动，暗恋原是这般花影飘摇，迷离生动。我替那个女生急，我在心里叫，你快回头看看他呀，看看他呀。多年后得知，他并不曾携她的手。毕业后，他们各奔东西，他有了他的日子，她有了她的岁月。

唐朝崔护有首很著名的诗："去年今日此门中，人面桃花相映红。人面不知何处去，桃花依旧笑春风。"诗人以桃花作了整首诗的底子，像白的宣纸上，泼了一团水粉，热闹着，又寂寞着。真叫人惆怅不已。花仍在，人却非。世间的缘分，原是这样的可遇不可求。

却记着那年那日，那人送我一枝桃花。桃花开在乡下的河边，他有事路过，禁不住那一树粉红的诱惑，趁人不备，去树上攀下一枝。百十里的路，他宝贝样的带给我，眼里汪着一整个春天。我于一刹那间爱上，从此义无反顾。那个春天，我的书桌上，有了一壶春水漫桃花。

这是他给予我的最浪漫的事。偶尔说起，我们已不泛当年青春的心里，会蒙上一层迷醉。一枝桃花的感动，竟是终身的，谁能想到呢？

糊涂的美丽

在桂花的身边，人的大脑，容易迟钝。

想什么呢？什么也想不了。

那么香！香也罢了，偏还浸着甜。是活泼的少女身上，散发的那种鲜活甜蜜的朝气。

怎么办呢？

没办法的。只能沉溺，心甘情愿的。

我骑着诚诚提供给我的单车，那车真是轻便好骑得很。我从森林接待中心的客房那里出发，客房边上，就栽着几棵桂花树。花累累地开着，香甜的气息，一波复一波。我从旁边经过，它们慷慨地赠我一车的香。

我驮着一车的桂花香，穿行于杉树林和杨树林中。上午的森林里，起了风，一阵一阵的，树叶便跟着一声高一声低地应和着。一会儿吟哦，作诗一般的。一会儿长啸，豪气冲天。一会儿又变成淑女，素手弄琴。一会儿化身为壮士，敲着竹板，唱着大江东去，大江东去。

十月的天，有了寒。轻寒。这样的寒，让人的神经变得格外敏感，一点点暖，一点点亮，一点点声响，都能在心中铺出一片温柔来。何况，还有缠绵不休的桂花香。

是森林管理者的用心了，他们在森林里，也栽了些桂花树。不多，只在每条小径的拐角处，栽上一两棵。也只要那样的一两棵，够了。多了，就泛滥了。泛滥了，就流俗了。流俗了，就少了它应有的动人了。赏心只需两三枝。这两三枝，足以供养一颗心了。

我被桂花香迎着，觉得尊贵。我停车，在它的身边待上一待，也不知要跟它说些啥。只微笑着，望着那一树细密的金黄。

没有人。多好。没有人。早晨那些欢叫的鸟们，此刻，也不知去了哪里。偶尔一两声虫鸣，像呓语，响在林子更深处。天地间，只剩下静。除了风偶尔路过。

我在小径旁的一条长凳上坐下。一圈儿的阳光，泊在那儿，融融泄泄。我坐在那圈阳光里。不用急着去哪里，也没有什么人催着我走，也不要去想森林外的事。我做什么，或不做什么，完全听凭自己做主。

还是要想到梭罗，那个可爱的美国人，他住在他的瓦尔登湖，幸福满满地说，我浏览一切风景，像个皇帝，谁也不能否认我拥有这一切的权利。

这会儿，跟他一样，我也像个皇帝。

一只小虫子飞来，歇在我的衣袖上。它把我当作一棵草，还是一朵花了？我没有惊动它，任它歇着。我的身前身后，小野花们黄一朵紫一朵的，肆意无序地开着。它们好似来此游玩的仙童，在偌大的森林里，甩开脚丫奔跑。一只蝴蝶，橘黄的，艳艳的，和一朵蒲公英亲吻了许久。野葡萄的花，细碎得像小米粒，结出的果子，却有着透明的紫，跟小紫玉似的。能吃，我小时候吃过。我跑过去摘下几颗，放嘴里，酸酸的，童年的滋味。几只蜜蜂也不知打哪儿来，它们忙得很，一会儿去问候小野菊，一会儿又来敲野葡萄的门。桂花的甜香，飘拂过来。

　　我不知拿什么来形容眼前的事物，只觉得眼前样样都好。包括我这个人，亦是好得不能再好。我想对它们说，我们就这么好下去吧，好到地老天荒。

　　翻开木心的书。木心在聊希腊神话，他说希腊神话有种糊涂的美丽。

　　我突然为我眼前的事物，找到最好的注脚。原来这一切，都有种糊涂的美丽啊！它们你中有我，我中有你，不问来处，不想去处。就这样，待在一起，待成神话。

才有梅花
便不同

趁着天黑，去邻家院子边，折一枝梅回来。这有偷的意思了——我是，实在架不住它的香。

它香得委实撩人。晚饭后散步，隔着老远，它的香就远远追过来，清清甜甜的。像撒娇的小女儿，甜腻腻地缠着你，让你架不住心软。我向东走，它追到东边。我向西走，它追到西边。我向南走，它追到南边。我向北走，它追到北边。黑天里看不见，但我知道它在那里，它就在那里，在邻家的院子里。一棵，只一棵。

白天，我在二楼。西窗口。我的目光稍稍向下倾斜，就可以看到它。邻家的院子，终日里铁栅栏圈着，有些冰冷。有了一树的梅，竟是不一样了。连同邻家那个不苟言笑的男人，他在梅树下进进出出，望上去，竟也有了几分亲切。一树细密的黄花朵，不疾不徐地开着，隔了距离看，像镶了一树的黄宝石。枝枝条条，四下里漫开去，它是想把它的欢颜与馨香，送到更远的地方去。一家有花百家香。花比人慷慨，从不吝啬它的香。

梅是大众情人，人见人爱，这在花里面少见。梅的本事，是一般的花学不来的。谁能在冰天雪地里，捧出一颗芬芳的心？谁能在满目的衰败与枯黄之中，抖搂出鲜艳？只有梅了。它从冬到春，在季节最为苍白最为寂寥的时候，它含苞，它绽放。它是冬天里的安慰，它是春天里的温暖。

喜欢关于梅的一则韵事。相传宋武帝的女儿寿阳公主，某天午睡，独卧于自己寝宫的檐下。旁有一树梅，其时花开正盛。风吹，有花落于公主额上，留下一朵黄色印记，拂之不去。宫人们惊奇地发现，公主因这朵黄色印记，变得更加娇媚动人了。从此，宫人们争相效仿，采得梅花，贴于额前，此为梅花妆。——原来，古代女子的对镜贴花黄，竟是与梅花分不开的。

我对着镜子，摘一朵梅，玩笑般地贴在额前。想我的前身，当也是一个女子吧，她摘过梅花吗？她对镜贴过花黄吗？想起前日里，去城南见一个朋友。暖暖的天，暖暖的阳光，空气中，有了春的味道。突然闻到一阵幽香，不用寻，我知道，那是梅了。果真的，街边公园里，有梅一棵，裸露的枝条上，爬满小花朵，它们甜蜜着一张张小脸儿，笑逐颜开。有老妇人，在树旁转，她抬眼，四下里看，趁人不备，折下一枝，笑吟吟地，往怀里兜。她那略带天真的样子，让我微笑起来，人生至老，若还能保持着这样一颗喜爱的心，当是十分十分可爱且甜蜜的罢。

亦想起北魏的陆凯。那样一个大男人，居然浪漫到把一枝梅花，装在信封里，寄给好朋友范晔，并赋诗一首："折梅逢驿使，寄与陇头人。江南无所有，聊赠一枝春。"他把他的春天，送给了朋友。做这样的人的朋友，实在是件幸运且幸福的事。

　　我折回的梅，被我插在书房的笔筒里。简陋的笔筒，因了一枝梅，变得活泼起来俏丽起来。南宋杜耒写梅："寒夜客来茶当酒，竹炉汤沸火初红。寻常一样窗前月，才有梅花便不同。"诗里不见一字对梅的赞美，却把梅的风骨全写尽了。梅有什么？梅有的，就是这样的与众不同啊！一地清月，满室幽香。那样一个寻常之夜，因窗前一树的梅，诗人的人生，活出了不寻常。

Chapter

7

故乡
的原风景

故乡的原风景

《故乡的原风景》一曲，是日本陶笛家宗次郎创作的。我是一听倾心，再听倾肺，是倾心倾肺了。

其实，令我惊异的不仅是乐曲本身，还有，演奏乐曲所使用的乐器——陶笛。这是一种极古老的乐器，大约公元前2000年，在南美洲就有了黏土烧制的器具，可以吹奏简单乐曲，被认为是最早的陶笛。16世纪流传到欧洲，不断得到改造，由一孔发展到多孔，音域随之增加，吹出的声音，更是清丽婉转。20世纪二三十年代，一个叫明田川孝的日本年轻人，在德国第一眼见到陶笛，立即被它迷住了。他对这种乐器进行加工，制作出十二孔日本陶笛，风靡日本。随着陶笛在日本的风靡，日本出现了许多陶笛演奏家，宗次郎，就是其中杰出的一个。

跟明田川孝一样，宗次郎也是第一眼见到陶笛，就被迷住的。

后来，他干脆自己盖窑，亲自烧柴，制作属于他自己的陶笛。当我听着《故乡的原风景》时，我总是不可遏制地想，这是泥土在欢唱呢。那些沉默的泥土，那些厚重的泥土，在懂它的人手里，变成亲爱的陶笛。一个孔，两个孔，三个孔，四个孔……孔里面，灌着风声，草声，流水声，鸟鸣声……这是故乡啊，是魂也牵梦也萦的故乡，是根子里的血与水。他给它生命，它给他灵魂，那是怎样一种交融！

我以为，真的没有乐器，可以替代了陶笛，来演奏这首《故乡的原风景》的。在远离故乡的天空下，我静静坐在台阶上听，一片落叶，从不远处的树上掉下来。天空明净，明净成一片原野，秋天的。原野上，小野菊们开着黄的花，白的花，紫的花。弯弯曲曲的田埂边，长着狗尾巴草和车前子。河边的芦苇，已渐显出霜落的颜色。有水鸟，"扑"地从中飞出来，在半空中划过一道美丽的弧线。风吹得沙沙沙的。人家的炊烟，在屋顶缭绕。间或有狗叫鸡鸣。还有羊的"咩咩咩"，叫得一往情深，柔情似水。

如果是月夜，则会听到很多梦呓的声音：草的，虫的，树的，鸟的，房子的……它们安睡在亲切的土地上，安睡在陶笛之上。孩子依偎在母亲怀里，睡得香甜。月光在窗外落，像雪，晶莹的，花朵般的。世界是这样的宁静，宁静得仿若人生初相见。初相见是什么？你的纯真，我的懵懂。如婴儿初看世界，一片澄清。

一个中年朋友，跟我描绘他记忆里的故乡，他肯定地说，那是一种声音，黄昏的声音。那个时候，他在乡下务农，挑河挖沟，割麦插秧，什么活都干。每日黄昏，他从地里扛着农具往家走，晚霞烧红天边，村庄上空，雾霭渐渐重了。这时，他就会听到一种声音，在耳边流淌，欢快的，欢快得无以复加。他的心，慢慢溢满一种欢愉，无法言说的。"你说，黄昏到底会发出什么样的声音呢？"多年后，他在远离故土的城里，在一家装潢不错的酒店的餐桌上，说起故乡的黄昏，他的眼里，蓄满温情。

我以为，那一定是泥土的声音，那些饱吸阳光与汗水的泥土，那些开着花长着草的泥土，那些长出粮食长出希望的泥土……除了泥土，还有什么，可以让我们如此亲近？

晒月亮

乡村的夏夜是丰富的，最丰富的，莫过于月光了。

那真的是一泻千里漫山遍野呀，奶油样的，听得见汩汩流动的声音。远处的田野、小径，近处的树木、房屋，都开始了月光浴。白天的喧嚣与燥热被涤荡得干干净净，植物们在月下甜蜜地呼吸，脉脉含情。虫们在叶间欢天喜地唱着歌。露珠儿悄悄滴落，沁凉的，清香的。这个时候的乡村，格外宁静。

竹床，长凳，门板，被早早地搁置到苞谷场上。月亮升起来的时候，村人们都聚拢过来纳凉。人人手中一把蒲扇，坐着或躺着。风从这边吹过来，从那边吹走，月光的羽毛飞起来。这个时候，再坚硬的线条，也会变得柔软。

小孩子们可以缠着大人讲故事。我们最喜欢缠的人是邻居二伯，他仿佛有一肚子的故事。二伯长相挺"凶"，一脸麻子，还瞎了只眼。平时一个人过，住在两间草棚里。大白天我们看到他，都绕道走。但到了月亮的晚上，他的脸上，却奇迹般一片柔和，甚至有些慈眉善目，我们都不再怕他。

二伯见到我们缠他，颇为得意。总是卖关子似的轻咳一声，再咳一声，说，从前哪。然后就停顿下来。我们急啊，追问，是从前有只狐吗？二伯笑着不吭声，只把那把破蒲扇摇来摇去，像拈花而笑的佛了。

于是有聪明伶俐的孩子，赶紧上去帮他扇扇子，还有的孩子去帮他敲背。他很是享受地微闭着眼，笑对其他人语，谁说我无儿无女的日子不好过的？瞧瞧，我有这么多孩子呀。大家便哄笑，说，你好福气。

月亮饱满，像怀了无限甜蜜的女子，深情款款。二伯的故事讲开了，是我们百听不厌的狐故事。故事自然说的是很久很久以前的从前，说有一个赶考的书生，在半路上救了一只掉进陷阱的狐，那是只成了精的女狐呀，一下子爱上书生了，就一路尾随了书生去赶考。在书生就要赶到京城时，书生突遇强人，遭到抢劫，差点丢了性命。狐便化成女子，日夜悉心照料他。书生伤好后，就和狐结成了夫妻。后来，狐妻助书生考上状元。

故事说到这儿，很圆满了。我们满足地叹气。星光下，我们想象着那只美丽的狐狸，希望自己也能遇到一只。或者，自己就是那样一只狐狸。

一旁的祖母，蒲扇在手上摇得可有可无，眼睛，早就闭上了。我们这才发现，已是下半夜了。木板床上有鼾声响起，月亮渐渐偏西了，是情深意长的一个回眸。我们的眼睛也不争气地黏上。母亲用扇子轻轻拍我们，该回屋睡去啦。邻居二伯显得意犹未尽，说，明天再来听二伯讲故事呀，二伯一定你们讲一个更好听的。

我们打着哈欠，嘴里面应着好，一脚高一脚低地往屋子里走，披一身一肩的月光。回到屋里，人刚一沾上床，就进入梦乡。梦里，摇晃着一个大大的月亮，月亮下，跑着一只漂亮的狐，白色的毛，雪一样的……

多年过去，故乡的月亮一直在我的心头亮着，我找不到很好的词汇来描述它。不久前，我在一篇文章里偶然看到"晒月亮"这个词，一下子像遇到知己般的，故乡夏夜里那明晃晃的月亮，原是供我们晒的啊。

染教世界都香

秋风吹了几欢，桂花也就开了。

每年，她都是如此守时。不管你有没有在等，不管你有没有把她放在心上，她都会来，只为赴她自己的约。

她来，是高调着的，霸气着的。是锣鼓齐鸣着的，沸沸扬扬着的。她就是她的小宇宙。

没有人会嫌恶她的高调。谁会呢！人家的底气在那儿摆着呢，不过一两枝花开，就能"染教世界都香"。

香是香得风也打着转转，醉醺醺不知往哪儿吹。我和那人，沿一条河边大道，慢慢走。桂花的香和甜，在身边缠绕不休。我们走到东，她跟到东。我们走到西，她跟到西。我们走到一座桥上去，她竟也跟到桥上去。像个懵懂可爱的孩童，抓一支蘸满香料的笔，逮到什么涂什么，想涂抹出一个她的世界来。你拿她是一丁点办法也没有的。也只好纵容着她，宠溺着她，任她爬到你的身上，乱涂乱画。哪一笔里，不是香和甜哪！是初入尘世的天真和好。

夜色被桂花香浸着泡着，越发醇厚。河里偶有船只驶过，呜呜响着。船头的灯，如萤火。我微笑地看着它驶过我的身侧。它是否载了一船的桂花香而去？辛苦的奔波里，拌了这样的花香，也算是慰藉是奖赏了。

虫鸣声变得轻柔，不知它们躲在哪一棵树的后面。它们喁喁着，很懂事的，生怕惊扰了什么。没到月半，月亮还不是很圆满，却更显得静美。像开到一半的白莲花，浮在靛青色的夜幕上。有人从身边走过，他们携来一阵香风，又携走一阵香风。我和那人，有一句没一句地说着些话。一切都好到不能再好，天地是。万物是。人是。情绪像鼓胀起来的风帆，意气风发，只想破浪劈涛，朝着远方航行去。

这样的时光，真真叫人舍不得。像小时候品尝那难得的一块麦芽糖，或是月饼，小心地捧在掌心里，傻傻地笑着、看着，快乐在心里冒着泡泡，舍不得动口去咬它。怕一下口，就把它给咬没了。

想来小时也就知道，甜美的东西，是要珍惜着的，是要慢慢消化着的。不然，就是莫大的辜负。

那人对着夜空，深深呼吸一口，再深深呼吸一口，叹道，真好啊。

是啊，真好啊。一年有这样一场桂花开，人生里，也就多出许多的不舍来。纵使遇着这样的不顺、那样的艰难，仍有这般的好时光，它不会负你。活着，也便值了！

梨花风起正清明

　　祖母走后，祖父对家门口的两棵梨树，特别地上心起来。有事没事，他爱绕着它们转，给它们松土、剪枝、施肥、捉虫子，对着它们喃喃说话。

　　这两棵梨树，一棵结苹果梨，又甜又脆，水分极多。一棵结木梨，口感稍逊一些，得等长熟了才能吃。我们总是等不得熟，就偷偷摘下来吃，吃得满嘴都是渣渣，不喜，全扔了。被祖母用笤帚追着打。败家子啊，糟蹋啊，响雷要打头的啊！祖母跺着小脚骂。

　　我打小就熟悉这两棵梨树。它们生长在那里，从来不曾挪过窝。那年，我家老房子要推掉重建，父亲想挖掉它们，祖母没让，说要给我们留口吃的。结果，两棵梨树还是两棵梨树，只是越长越高、越长越粗了。中学毕业时，我约同学去我家玩，是这么叮嘱他们的，我家就是门口长着两棵梨树的那一家啊。两棵梨树俨然成了我家的象征。

　　我家穷，但两棵梨树，很为我们赚回一些自尊。不消说果实成熟时，逗引得村里孩子，没日没夜地围着它们转。单单是清明脚下，它们一头一身的洁白，如瑶池仙子落凡尘，就足够吸人眼球。我们玩耍，掐菜花，掐桃花，掐蚕豆花，掐荠菜花，却从来不掐梨花。梨花白得太圣洁了，真正是"雪作肌肤玉作容"的，连小孩也懂得敬畏。只是语气里，却有着霸道，我家还有梨花的。——我家的！多骄傲。

　　祖母会坐在一树的梨花下，叠纸钱。那是要烧给婆老太的。她一边叠纸钱，一边仰头看向梨树，嘴里念叨，今年又开这许多的花，该结不少梨了，你婆老太可有得吃了。婆老太是在我五岁那年过世的。过世前，她要吃梨，父亲跑遍了整条老街，也没找到梨。后来，我家屋前就多出两棵梨树来，是祖母用一只银镯换回栽下的。每年，梨子成熟时，祖母都挑树上最好的梨，给婆老太供上。我们再馋，也不去动婆老太的梨。

　　我有个头疼脑热的，祖母会拿三根筷子放水碗里站，嘴里念念有词。等筷子在水碗里终于站起来，祖母会很开心地说，没事了，是你婆老太疼你，摸了你一下。然后，就给婆老太叠些纸钱烧去。说来也怪，隔日，我准又活蹦乱跳了。

　　那时，对另一个世界，我是深信不疑的。觉得婆老太就在那个世界活着，缝补浆洗，一如生前。有空了，她会跑来看看我，摸摸我的头。这么想着，并不害怕。特别是梨花风起，清明上坟，更是当作欢喜事来做的。坟在菜花地里，被一波一波的菜花托着。天空明朗，风送花香。我们兄妹几个，应付式地在坟前磕两个头，就跑开去了，嬉戏打闹着，扎了风筝，在田埂道上放。那风筝，也不过是块破塑料纸罢了，被纳鞋绳牵着，飘飘摇摇上了天。我们仰头望去，那破塑料纸，竟也美得如大鸟。

祖母走后，换成祖父坐在一树的梨花下叠纸钱。祖父手脚不利索了，他慢慢叠着，一边仰头望向梨树，说，今年又开这许多的花，该结不少梨了，你奶奶肯定会欢喜的。语气酷似祖母生前。

我怔一怔，坐他身边，轻轻拍拍他的手背。我清楚地知道，有种消失，我无能为力。祖父突然又说，你奶奶托梦给我，她在那边打纸牌，输了，缺钱呢。我听得惊异，因为夜里我也做了同样的梦，梦见祖母笑嘻嘻地说，我每天都打纸牌玩呀。我信，亲人之间，定有种神秘通道相连着，只是我们惘然无知。

祖母走后三年，祖父也跟着去了。他们在梨花风起时，合葬到一起。他们躺在故土的怀抱中，再不分离。

老街

看到一帧老照片：黛瓦的屋顶上，日光倾斜。纹路纵横的木板门，半开半掩。纸糊的木格窗，在天光里静穆。悠长的青石板路，如一条小溪流似的，延伸至远方。这似曾相识的画面，让我的记忆，一下子跌进老街中。

老街离家二三十里地，小时候的感觉里，那是天地漫远路途遥遥的。我们兄妹几个，难得去上一趟，也只在过年时，大人们兴致来了，相约着去老街上看热闹——去看踩高跷呀。去看挑花担呀。去看打腰鼓呀。去看舞龙灯呀。一呼百应。连平日极其严肃的邻居家高老头，这时，也会背了双手，在路上滋味无限地走，脸上现出枣核般的笑意，看见我，会问，小丫头，你去不去老街看热闹？

当然去。心早就在雀跃，只等母亲一声令下，去吧。我们兄妹几个拔脚就跑。路总是比我们的身影长，仿佛没有尽头，人人却都是兴高采烈的，脚上走得生了水泡，也没人叫一声疼。

终于，老街近了。有好一刻，我们噤了声，站定，傻了般地呆呆看。老街看上去，多像刚出锅的蒸笼啊，热气扑腾得厉害。彼时，日头已移到午后去，阳光细软，银粉似的，均匀地洒在那些古朴朴的房屋上、街道上，一切看上去，喜悦美好。我们好像坠入了万花筒，随意一扭转，就是一片斑斓。

热闹是要追着去看的，看挑花担的，看舞龙灯的，看演皮影戏的。人群里挤着钻着，笑在飞扬。街道两旁的小店里，各色糖果糕点喷着香。小人书的摊子前，围满了孩子，一分钱可借一本看。唉，那么多的好东西，哪里看得了哇。心里一边幸福着，一边叹息着。做糖人的，草把上插满亮晶晶的糖人，太阳的影子，披着琥珀衣，在里面晃，各路"英豪"来相会。真想全部拥有，口袋里的钱却决定了只能挑一样，反复比较，反复割舍，最后，挑上女将"穆桂英"，她在一根竹签上，英姿飒爽。

也一条巷道一条巷道地走，好奇地四处张望。白墙黛瓦，木板门对着木板门，里面笑语喧喧。剃头匠站在门口，和一个路过的老人打招呼。老虎灶前，三三两两的老街人，提着暖水瓶，一边闲话，一边等水开。还有一家照相馆，大大的玻璃橱窗里，摆着大幅的女孩照，黑发，明眸，深酒窝。经过的人，总要盯着看半天。大过年的，来照相的人很多，都是乡下赶来老街看热闹的。镜头前，那些黝黑的脸庞，笑得拘谨而小心。照相的中年男人，面皮白，手指修长，他在黑色的机子后，对着那些黝黑的脸说，笑一个，笑一个。那些黝黑的脸越发紧张了，笑得又僵硬又欢喜，真是不知怎么办才好。我们一样一样看过去，时光在此打住，仿佛从很久的从前，这画面就是这样的，鲜活着，没有褪色一点点。

从老街返回，我们往往要走到夜黑。平时走夜路是顶怕的，那会儿，却一点不觉害怕。路上络绎不绝着返家的人，笑语声前后相接，波浪连着波浪似的，汇成一条快乐的河。回到家，我们多半睡不着，热议着在老街上看到的种种。带回的糖人，多少天都舍不得吃掉，不时举手上，对着太阳照，太阳穿着琥珀的衣，在里头晃。我们便又有了下次向往，什么时候再去老街。这样的向往，让童年清瘦的日子，充满幸福的期待。

然后，我长大了，长大到可以去老街上的中学读书。我爱一个人在那些曲里拐弯的巷道里转悠。老街烟火日日，在门口择菜的妇人，丰满敦厚。一旁的炭炉上，煨着浓汤。脚下青石板的缝隙里，冒出点点青绿。也有花开其间，黄的，小得可怜，却拼命撑着一张笑脸。也有花探过身子，伸到巷道上空来，是开得好好的蔷薇，或是，九重葛。青春年少，有着种种的自卑。我看着，发上一阵子呆，也不知想些什么，只是那么惊异着，又暗暗忧伤着。

教我们的语文老师，家住老街上。那个时候，他已年过六旬，却气质非凡，才识渊博。我是仰慕他的吧，下了晚课，一街寂静。我轻轻走过一口老井，走过一棵上百岁的银杏树，走过糕饼店，走过老虎灶，走到他家门口，伏在他家的木格子窗前，偷看他的书房。看他戴着老花眼镜，在灯下临摹字帖。或是，轻声朗读着什么。每一豆灯光，都是古朴的，芬芳的。我多想成为他，可以住在这样的老街上，可以住在这样的老房子里。

也对老街上一个男生，心生过好感。他家做豆腐花卖。他母亲在雪白的豆腐花上，撒上葱花点点。五分钱一碗，——我也是买不起的。他偶尔会帮衬母亲做事，总是笑着，又干净又美好。我跟他从未说过话，也仅仅是，隔着一段距离，望着他的背影，渐行渐远，在巷道的拐角处，消失。

后来，我考上大学。再后来，我工作，成家，再也没去过老街了。

今年春天，几个写作的朋友约了去老街采风。老街早已面目全非。陪同我们的老街人，一边走一边介绍，这里，曾是一家糕饼店。那里，有烧水的老虎灶。这里，曾有一口井。那里，曾长着一棵银杏树，好几百年了。

我掉过头去，不让泪落。这里，那里，我都知道，都知道的。那个自卑的乡下女孩，她独自走过那些街道，在心里发着誓说，总有一天，她要生活在这里，在开满蔷薇花的院墙内。薄暮的黄昏，她要穿着高跟鞋，笃笃笃地走过青石板的巷道，去买上一碗豆腐花吃。

每个人的记忆里，都有这样一个老街吧。那里，熙来攘往，红尘滚滚，藏着我们最初的纯真和向往。江湖还年轻，而原有的那一拨人，那一拨事，早已老去。

白棉花一样
的阳光

那些土墙，褐黄里，泛出浅白。那是我家乡茅草房的墙。

我们倚了土墙晒太阳。一村的人，都倚了土墙晒太阳。那是些晴好的天，太阳温暖得像盛开的棉花，一朵一朵落下来，覆在土墙上，土墙便慈眉善目得像一个温厚的老人。

倚了这样的土墙，心是安宁的。人们有一搭没一搭地说着话，一年忙到头，难得的清静与悠闲。他们多半会眯了眼，享受般晒着太阳，像一群安静的羊。身上能晒得冒出油来。

孩子却是喧闹的。在土墙边，挖个坑儿，滚玉球玩。或是跳绳、踢毽子。有眼馋的大人，敌不过孩子的闹，加入到孩子的行列去。譬如踢毽子。哪里是孩子的对手？小家伙们手呀腿的灵巧得跟小鹿似的，他们却动作笨拙，不复年轻时的矫健。于是在孩子们的哄笑中，讪讪笑说一句，骨头老喽。

这个时候，最美的画面，要算那些女人们。她们挨了土墙坐，穿着或红或绿的棉袄，手却一刻不停地在纳鞋底。脸上一团平和，暗地里却在较着劲，看谁纳的鞋底好，做的鞋漂亮。

　　其实，只要一低头，看看她们及她们家人脚上穿的鞋，也就一目了然了。最常见的布鞋，是白的底，黑的鞋面。但也有翻新的，女人挑一方红格子的布，做成鞋面，在视觉上就出格了去，让人一眼看到她脚上漂亮的鞋。一家有，百家仿，用不多久，全村的女人，都会穿着红格子面的布鞋。

　　那时，乡下恋爱中的女孩，送给意中人的定情之物，大多是布鞋。她们瞒了旁人的眼，在夜里，拥着被子，细细估摸着意中人脚的尺寸，然后一针一针密密而下，是扯不断的柔情。鞋做好了，她们会在月亮的晚上，约了意中人见面。月下相见，没有多的话，只把一双藏着千行情万行意的鞋往对方手里一塞，扭头就跑。好了，这双鞋，就私定了终身。

　　我的母亲，曾是做布鞋的高手。她手把手地教过我纳鞋底，教过我剪鞋面，但我怎么学也学不会。为此，母亲忧心忡忡地说，这丫头怎么好呢，长大了哪个人家会娶她？

　　想想当时好像也着急来的，不会纳鞋底，以后我穿什么呢？

　　我长大后嫁得人，却不再穿布鞋。我拥有各种各样的高跟鞋，它们"嗒嗒"有声地走过一些路面，把我的身子衬得亭亭，让我极尽优雅，但同时，也常会把我的脚给崴了。

　　这个冬天，天气冷得出奇，也有太阳，光芒却是散淡的。我突然想起那些土墙来，想起倚着土墙坐着的人，那些棉花一样的阳光！现在，不少人已经故去，健在的，也已经老了。我的母亲，也早已看不见穿针引线了。

　　我强烈地想念起布鞋来，想念脚底的温暖。我满街去找寻，寻到一个鞋摊，是一老妇人守着的，卖的竟全是布鞋。黑的鞋面，白的底，是记忆中的样子。极便宜，十块钱一双。我立即买了一双，穿到脚上。我低到尘埃里了，看见了喜欢的人的脸。这个冬天，我觉得幸福。